双葉文庫

京都寺町三条のホームズ ②

真贋事件簿

望月麻衣

目次

真城《ましろ》 葵《あおい》

17歳。高校二年生。

埼玉県大宮市から京都に引越してきた。

ひょんなことから『蔵』でアルバイトをすることになる。

前の高校の時に付き合っていた恋人のことを引きずっていたが、ようやくふっきることができた。

家頭《やがしら》 清貴《きよたか》

22歳。京都大学大学院1回生。通称『ホームズ』。

京都寺町三条にある骨董品店『蔵』の店主の孫。

物腰は柔らかいが、恐ろしく鋭い。

時に意地悪、“いけず”な京男子。

京都寺町三条にある『蔵《くら》』という名の骨董品店に、類稀なる鑑定眼と観察眼の鋭さから、『ホームズ』と呼ばれる、不思議で特異な京男ならぬ、『京男子』がいる。

「いえ、葵さん。僕が『ホームズ』と呼ばれているのは、苗字が家頭《やがしら》というからですよ」

——そう、家（ホーム）頭（ズ）。

「……って、まだ、それを言いますか」

これは、そんなホームズこと家頭清貴《きよたか》さんと、女子高生の私・真城葵《ましろあおい》の、京都を舞台にした、はんなり事件簿。

序章　『夏の終わりに』

御池通《おいけどおり》から寺町商店街を南へ下っていくと、やがて小さな骨董品店が見えてくる。

看板には『蔵』という一文字。これが店名で、ここは、私・真城葵のバイト先だ。

店内は明治・大正を思わせる和洋折衷な雰囲気。古き良き洋館の応接室を思わせるアンティークなソファーとカウンターがあり、まるでレトロモダンなカフェを思わせる。

決して高くない天井には小ぶりのシャンデリア。壁には大きな柱時計。店の奥のたくさんの棚の上に並ぶ骨董品に雑貨。

今、この店にいるのは、オーナーの孫の家頭清貴さんで、通称『ホームズ』さん。

細身の身体、少し長めの前髪に白めの肌。そして鼻筋の通った、美青年だ。


「――葵さん、どうされましたか？」

ボーン、と店内の柱時計が午後一時を知らせる中、ホームズさんはカウンターで帳簿をつけながらポツリと尋ねた。目線は手元に落としたまま。

勘の良い彼は、こちらを見ていないのに、私の視線に気付いたらしい。

「あ、いえ、掃除が終わって、惚けちゃっていました。何か他にお仕事ありませんか？」

挨取りを手に慌ててそう言う。これは嘘ではない。掃除が一通り終わり、ただなんとなくホームズさんの整った横顔を眺めていただけだ。

「仕事は特にありませんし……、それでは、また、お勉強タイムに入りましょうか」

「は、はい！　よろこんで」

張り切った声を上げると、ホームズさんは愉しげに目を細める。

「葵さん、居酒屋じゃないんですから。では、カウンター前にお座りください」

「はい」と頷いて、いそいそとカウンターに近付くと、ホームズさんは音も立てずに立ち上がり、スッと椅子を引いてくれた。

「あ、ありがとうございます」

ホームズさんはそっと会釈をして、そのまま奥へと向かう。

相変わらず、仕草や動作のひとつひとつが、とても上品で洗練されている。

ここにバイトにきて、もうすぐ五か月。彼の雅な立ち振る舞いを目の当たりにしては、『自分も、もう少しちゃんとしなければ』と反省することもしばしばだ。

「――今日はこれを観てください。祖父のコレクションのひとつなんですが」

そう言ってホームズさんは、店の奥から小箱を運んで来た。

手にはいつものように白い手袋……ではなくて、今回は黒い手袋をはめている。

「ホームズさん、手袋の色を黒に変えたんですか？」

今まで白い手袋しか見たことがなかったので、新鮮な驚きに声が大きくなってしまう。

「ええ、黒い手袋も持っているんですよ。ご存じなかったですか？」

ホームズさんはなんでもないことのように言って、対面に腰を下ろし、箱の中から丁寧に茶碗を取り出した。

「それでは、お勉強タイムです」

長い人差し指を口の前に立てて、ニコリと微笑む。

手袋の色が白から黒に変わっただけで雰囲気が違って見え、妙にドキドキしてしまう。

私たちの前には、陶器の茶碗。

そう、『お勉強タイム』とは、古美術についてホームズさんがレクチャーしてくれるというもの。今までも、ふとした時に教えてくれていたのだけど、改めて『古美術勉強会』なるものを始めるようになったのは、学校が夏休みに入ってからだ。

長期休暇になったことで、バイトに入ってほしいと頼まれる日が多くなった。

それは、私にやってほしい仕事がたくさんあるというわけではなく、ただ単に店番をしてくれる人がほしいというだけの、いわば留守番要員。

このお店は基本的に、あまりお客さんが入らないし、掃除や在庫チェックもキリがなく、時間を持て余してしまうこともしばしばで。そんな時間を有効に使おうと、ホームズさんが骨董品について教えてくれるようになったというわけだ。

今回の茶碗は、『碗形』という形状で、薄茶の肌の中、焦げ茶色の花らしき絵が筆で描《えが》かれている。これは、初めて見る茶碗だった。

「……これは?」

「古唐津《こからつ》の茶碗です」

「……こからつ」

「桃山時代に、現在の佐賀県の窯《かま》で焼かれたものですね。まず、しっかりと観《み》てください」

「——はい」

ジッと茶碗を観る。素朴ながらも品のある佇まいだ。だけど描かれている花は、ハッキリ言って、何が描かれているか分からないほどに稚拙に見える。

「……あまり絵が優れているわけではないんですね」

つい正直に告げると、ホームズさんは笑みを浮かべて頷いた。

「ええ、それもまた古唐津の味わいなんですよ。古唐津は『やきもの好きが最後にいきつく品』と言われてもいるんですよ。こちらの特徴は土が硬く、高台の土見せが皺になりつつ形作られているのですが、これを『ちりめん皺』と呼びます」

「ちりめん皺……」

うんうんと頷きながら、ポケットから手帳を取り出して、ホームズさんの言ったことや、自分の感じたことをサラサラと書く。

「……葵さんは、いつもとても熱心ですね」

「い、いえいえ、書いておかないと忘れそうで。せっかくホームズ先生が丁寧に教えてくれているんですから、弟子としては当然です」ビシッと敬礼のポーズを取ると、

「弟子だなんて。僕も修業中なのに、おこがましいですよ」とホームズさんは苦笑して、肩をすくめた。

そう、ホームズさんは『国選鑑定人』として名高い鑑定士で、この店のオーナー・家頭誠司さんの孫で弟子。今も修業中の身だ。

「ちなみに、鑑定士の修業って、どんなことをするんですか？」

「どんなことと言われても難しいですね。とにかく場数を踏むことでしょうか。とことん本物に触れていくしかないんですよ。本物を観て感じて、心眼を鍛えていくしかないと祖父がいつも言っています」

ホームズさんはシミジミと言いながら、大事そうに古唐津の茶碗を箱にしまう。

なるほど、と強く頷いたその時、カランとドアベルが鳴った。

「い、いらっしゃいませ」慌てて立ち上がって頭を下げる。

滅多にお客さんが来ないから、どうにも焦ってしまう。
一方のホームズさんは少しも動じずに、古唐津が入った箱を棚の中に片付けながら、
「いらっしゃいませ」と爽やかな笑みを見せた。
訪れたお客さんは中年の男性だった。
艶のある高級そうなスーツを纏い、ゴールドの腕時計をつけている。手には風呂敷。
一見したところお金持ちそう。だけど、なんだかどうにも、しっくりこないというか、
似合ってはいない。もしかして成金な人なんだろうか？
……なぁんて。人を見て、瞬時にいろんなことを見抜くホームズさんの側にいるので、
いつしか私も勝手に人のことを判断してしまうようになってきた気がする。
「鑑定をお願いしたいんやけど、ええですか？」
男性は笑顔のままカウンターに歩み寄った。
「ええ、どうぞ。お掛けください」
ニコリと微笑んで、席を勧めるホームズさんに、
「おおきに」と彼はカウンター前のソファーに腰を下ろした。
「これを識《み》てもらいたいんやけど」
すぐに風呂敷を広げて、その中にある箱を差し出した。
（箱の大きさからして、中は茶碗かな？）

私はカウンターから少し離れたところで、埃取りを手に掃除をしながら、チラチラと様子を窺う。

「それでは、あらためさせていただきますね」

ホームズさんは黒い手袋をつけたままの手で箱を開けて、中から茶碗を取り出した。

やっぱり、茶碗が入っていた。ズッシリとした印象の『半筒形《はんつつなり》』の茶碗で、黄土色の肌に深緑色の花の模様が描かれている。

「これはこれは」

ホームズさんはまるで面白いものに遭遇したかのように、口元を綻ばせた。

「実はうちの先祖は代々大阪で商売をやっていまして、これは蔵の奥にあったものなんですわ。亡くなった祖父のコレクションなんやけど、それ、『黄瀬戸《きぜと》の茶碗』ちゃいますか。ええもんやって話やけど、どうにもわいは茶碗に興味がのうて」

自分の持参した茶碗に興味を持ってくれたと思ったのか、男性は顔を明るくさせながら少し身を乗り出してペラペラと話し出した。

「黄瀬戸、ですか」

ポツリと零したあと、ホームズさんはチラリと横目で私を見た。

これは、ホームズさんの合図だ。『あなたはどう思いますか？』と目で尋ねている。

夏休みに入ってからの古美術勉強会で、すでに『黄瀬戸』のレクチャーも受けていた。

私は無言で頷いて、今一度、男性が持ち込んだ茶碗をしっかりと観た。

「………………」

マットな質感の黄土色の肌。ごつい重厚感。歴史を感じさせる雰囲気もあるし、一見したところ黄瀬戸の出で立ちではある。

だけど、どうにも拭えない『違和感』。

多分だけど、その茶碗は本物ではない気がする。

何がどう違うのかは口では説明できないけど、どうにも腑に落ちない。

そっと首を振った私に、ホームズさんは『正解です』とばかりに、満足そうに頷いて、男性に視線を移した。

「残念ですが、これはニセモノですね」

キッパリと言い放ったホームズさんに、男性は目を見開いた。

「本物の黄瀬戸は、俗に『油気肌《あぶらぎはだ》』といって土の表面に油を流したような艶のある肌感と、なおかつ清潔感があるんです。ですが、こちらにはその質感がまるでありません。また、本物は見た目よりも持った感じが軽やかなのも特徴でしてね、こんなにズッシリしていないんですよ。さらに本物は胆礬《たんぱん》と呼ばれる銅質の緑の発色が鮮やかなんですが、これは随分と黒ずんでいます。間違いなく、故意に黄瀬戸を真似た贋作ですね」

ホームズさんは茶碗を手に、少し冷ややかに告げる。

男性は呆然としていたかと思うと、やがて歪んだような笑みを浮かべた。

「――あ、あんたみたいな若造に何が分かるん？」

声に怒りが込められている。本物と信じて持ち込んだ宝を、こんなに若い鑑定士に『ニセモノ』呼ばわりされたのが許せないのだろう。

「分かりますよ。もうひとつ言わせてもらえば、あなたはこの茶碗が贋作だと知ったうえで、持ち込まれましたね？」

「なっ！」と声を上げる男性。

その言葉に、私も驚いた。

なんと彼は、その茶碗を本物と信じて持ち込んだわけではなく、ニセモノだと知ったうえでのことだったなんて。

「あなたはご自分で仰ったように言葉のイントネーションからも大阪の南の方にお住まいであることが窺えます。それなのに、わざわざ京都の骨董品店にこの茶碗を持ち込んだのはなぜですか？　大阪にも鑑定と買取を行っている店はたくさんありますよね？」

笑みを浮かべながら尋ねる。とても優しげな口調。それでも、迫力が滲み出ていた。

男性は一瞬グッと息を詰まらせたかと思うと、気圧されてなるものかとばかりに弾けるように口を開いた。

「た、たまたまや。たまたま京都まで来たから、ここに来たんや」

「たまたま、京都にきて、たまたま、黄瀬戸の茶碗を持っていたなんて不自然すぎますね。あなたは、鑑定士として名の知れた家頭誠司の孫が寺町三条の骨董品店で修業を兼ねて、鑑定をしているということを知っていたのではないですか？　その証拠に、あなたは鑑定を始めようとする僕を見ても少しも驚きませんでしたよね？　ここに来られる皆さんは、僕のような若輩者が鑑定を始めようとすると、驚かれるんですよ」

話を聞きながら、私は思わず強く頷いた。

そうだ、品物を持ち込んだお客さんは、まだ学生のホームズさんが鑑定をすると知った時、驚きと不安をあらわにする。

ちなみに私自身も、初めてホームズさんが鑑定する姿を目の当たりにした時は、『学生にしか見えないのに』と驚いたものだ。

「あなたは、あえてこの店を狙ってきた。……学生の見習い鑑定士ならチョロいと思われたんですよね？」と再び茶碗に目を落とし、ふっと口角を上げた。

「――この茶碗は作られたあと、『汚し屋《よごや》』に仕事を依頼されたようですね」

「……汚し屋って？」

つい声に出して尋ねてしまった私に、ホームズさんは茶碗に目を向けたまま、そっと口を開いた。

「新しい茶碗に古さや年期を感じさせる『汚し』をつける、そんな職人がいるんですよ。

『時代づけ』という言い方もします。新しい茶碗でも一か月ほどで三百年ぐらいのわびさびをつけてくれます。そんなプロまで関わっているということは、贋作売買も慣れたもので、今まで何度か未熟な鑑定士を騙してこられたんでしょうね」

独り言のように話すホームズさん。

男性は圧倒されて、何も言えなくなっているようだ。

そんな彼に、さらに畳み掛けるように、身を乗り出した。

「そのスーツは金持ちを演出するために人に借りたものですね？　残念ながら、サイズが合っていませんし、スーツだけは立派でも靴がくたびれています。あなたはふとしたことから贋作を手にして、未熟な鑑定士に高く売りつけることに成功した。

そして今回も京都寺町三条に若輩者で未熟な鑑定士がいることを知って、騙して売りつけようと思ったのでしょう。――違いますか？」

ホームズさんは笑顔のまま。

だけど、恐ろしくて背筋が寒くなるようだ。

「いや、その……なんや」

すべてを見透かされて、動揺しているのだろう。ダラダラと汗を流しながら口ごもる。

「残念やったな。僕は若輩やけど、こんな稚拙なもんに騙されるほど未熟者《みじゅくもん》ちゃうわ」

瞬時に冷ややかな目を見せたホームズさんに、男性は顔面を蒼白させた。

うわ、出た、怒りの京ことば！

『黒ホームズさん』の降臨だ。

いつも穏やかで優しく品行方正なホームズさん。

一見したところ、感情を荒らげることなんてなさそうな、完璧でどこか人間味に欠ける人だと最初は思っていたけれど、ともに過ごすうちに、そうではないことが分かってきた。

意外と負けず嫌い。気遣い屋だけど自分勝手。

そして、怒るととても怖いことも最近分かった。感情が高ぶると常に使っている敬語がなくなって、京ことばが出現し、それは恐ろしい一面をあらわにする。

私はそんなホームズさんのことを『黒ホームズさん』と、密かに呼んでいる。

そんな真っ黒なホームズさんに当てられた男性は、贋作の茶碗と風呂敷を手に逃げるように店を出て行った。

「ああ、もう、腹立つでほんま。葵さん、塩でも撒いといてください！」

男性の姿が見えなくなったあと、ホームズさんは勢いよく振り返って私を見た。

「あ、はい。塩ですか？」

「ええ、塩です」

「えっと、今、お店に塩はゆで卵用の『味つき塩』しかないですけど、これでもいいですか？　ちょっともったいなくないですか？」

裏に入って『味つき塩』を手に顔を出した私に、ホームズさんはポカンと目を丸くした後、プッと小さく笑った。

「……そう、ですね。もったいないですね」

「ですよね」

「それなら、ゆで卵でも作って食べましょうか」

愉しそうに微笑んでいる。どうやら、もう機嫌が直ったみたいだ。

「はい、ちょうど小腹がすいていたので嬉しいです」

そうして私たちはお客さんが入らないのを良いことに、ゆで卵を作って、コーヒータイムを取ることにした。

「葵さんといると、なんだか力が抜けていいですね」

長い指で丁寧にゆで卵の殻を剥きながら、独り言のように漏らした。

「えっ、どうしてですか？」

「悪質な贋作に触れてしまったあとは、いつも一日イライラしてしまうんですよ。ですが、今回は味つき塩を手にしている葵さんの姿を見たら、なんだかガスが抜けました」

「ガスって」思わず吹き出してしまう。

「でも、あの人は詐欺師だったわけですけど、警察に通報しなくて良かったんですか？　だって、騙されちゃった鑑定士さんもいるわけですよね？」

「冷たいようですが、騙される鑑定士の方に落ち度がありますね。一般人相手にしたわけではありませんし。もちろん、こうしたことがあったという報告はしますが」

そうか、たとえ故意に贋作を持ち込んだとしても、そこは鑑定士なんだから見抜かなければいけないわけだ。

それはまさに、鑑定士と贋作師の勝負なんだ。

「……ちなみに、『工芸品』ってあるじゃないですか。あれも、真似て作っているわけですから、贋作と言えば贋作ですよね？」

「『工芸品』は制作者が認めた善意の模倣です。ですから工芸品であることを隠しませんし、価格も違います。買う方も理解して購入するわけです。

ですが、『贋作』は人を騙して金をむしり取ろうとする悪意の塊です。その悪意が僕にはどうにも許せません。制作者や芸術を愛する者に対する冒涜《ぼうとく》です」

顔をしかめながらコーヒーを口に運ぶ。

「……ホームズさんって、真っ直ぐな方なんですね」

ポツリと告げると、ホームズさんは驚いたような目を見せた。

「真っ直ぐ。……僕がですか？」

「ええ」強く頷く。だって、ホームズさんが、本当に贋作を憎んでいることが、よく伝わってきた。偽りを許せない真っ直ぐな人に違いない。

「いえ、贋作を憎んでいるだけで、根性はねじ曲がっていますし、基本的に腹黒ですよ」

何を言っているんですか、と私を一瞥する彼に、ゴホッとむせた。

は、腹黒？

「ところで葵さん、夏休みですが、何かご予定はありますか？」

俯いてむせていると、突然そんなことを問われて驚いて顔を上げた。

「な、夏休みですか？」

どうして、そんなことを聞くんだろう？

もしかして、夏休み中、どこかに遊びに行こうというお誘いだったりして？

「い、いいえ、何もないです。だからいくらでもお店のお手伝いできますよ」

少しの動揺から早口でそう言ってしまう。

たとえ、お誘いだとしても、美術館や博物館に行って、勉強をしようという話に違いないのに。なんだか、少しドキドキしてしまう。

するとホームズさんは、救われたように表情を緩ませて、胸に手を当てた。

「良かった。実は八月から約一か月間、僕はオーナーとヨーロッパを回るんです」

「へっ？」

「海外の美術施設から鑑定を依頼されていたり、近隣のホテル等から美術品の買い付けを一任されていましてね。毎年夏休みは海外を飛び回っているんですよ」

「……そうなんですか。そんなこともしているんですね」

「ええ、そうなんです。どうか、その間父とともに店をよろしくお願いします。店で学校の宿題などやっても構いませんし、休みたい時は父に伝えてもらって構いませんから」

申し訳なさそうに言うホームズさんに、一気に力が抜ける気がした。

「……はぁ、大丈夫ですよ。ヨーロッパ、楽しんできてくださいね」

「祖父の助手で小間使いですから、楽しめるかどうかは微妙なところなんですが。でも、葵さんに、お土産買ってきますね」

「わあ、楽しみにしてます」

単純な私はすぐに顔を明るくさせながら、ゆで卵をパクリと口に運んだ。

「葵さんは京都にきて二度目の夏ですね。楽しんでくださいね」

「……はい。今年は『大文字焼《だいもんじや》き』を観に行こうと思ってます」

「葵さん、『大文字焼き』ではなく、『五山《ござん》の送り火』ですよ」

人差し指を立てて窘めるように言う。

「あ、そうでしたね。京都の人に言っちゃいけないアレでしたね」

そう、関東にいる時は『大文字焼き』という認識だったけど、正式には『五山の送り火』。

五つの山に『大《だい》』『妙法《みょうほう》』『船形《ふながた》』『鳥居形《とりいがた》』『大』の字が点火される（ちなみに『大』の字は二つの山で点火され、ひとつは『左大文字』と呼ばれている）。

「そうです、言うたらあかんやつです」

強く頷くホームズさん。相変わらずな様子に笑ってしまう。

「失礼しました。……そういえば、あの」

「はい？」

「本当に腹黒なんですか？」改めて尋ねた私に、

「ご存じなかったですか、葵さん。『京男子』は腹黒いんやで」

ホームズさんは胸に手を当てて、ニッと不敵な笑みを見せる。

「ッ！」

その姿に、うっかり胸を打ち貫かれて、言葉に詰まってしまった。

『腹黒京男子もいいかも』と思ってしまったのは、ここだけの話。

それは他愛もない、夏の午後。

第一章　『目利きの哲学』

1

京都のうだるような暑さがほんの少し落ち着く頃、夏休みが終わり、新学期がスタートした。それでも、まだまだ休み気分の抜けない生徒たち。

受験を来年に控えた高校二年生ということもあってか、今年くらいはと遊び倒した人が多いようで、日焼けしたクラスメイトの姿が見立つ。

昼休憩時間になると、さらに教室内はだらけた雰囲気に包まれていた。


「へええ、そんで葵、元カレのこと、ちゃんとケジメつけることができたんや」

驚いたように声を上げたのは、隣のクラスから遊びにきていた宮下香織。

『斎王代《さいおうだい》脅迫状事件』を通じて仲良くなった子で、この学校の友達の中で、ホームズさんのことや、私の過去を知る唯一の人物だ。

ちなみに、今やお互い呼び捨てにし合っている。

久々に会った私たちは風通しの良い窓際で、近況報告をしていた。

「……うん、随分と引きずっちゃったけどね」

祇園祭・宵宵山《よいよいやま》での出来事を香織に伝えた後、私は目を伏せた。


――それは、去年の夏。私は家の事情で、埼玉からこの京都に移り住んだ。

埼玉には中学の時から交際を続けていた彼氏がいて、当然のごとく遠距離になり、それから数か月。やがて別れを告げられた。

私は最初、『仕方がない』と思っていた。遠距離になってしまった以上、気持ちが離れてしまうのは仕方がないと。

だけど、別れの本当の原因は、私の親友と付き合い始めたということで……その事実に私は、大きなショックを受けてしまった。

今すぐに埼玉に帰って、いろんなことを確かめたいと思い、亡き祖父の掛け軸を売って交通費を作ろうと寺町三条の骨董品店『蔵』を訪れたのは、まだ肌寒い三月のこと。

そこで私は不思議な青年、家頭清貴さん、通称『ホームズ』さんと出会うこととなる。

『葵さん、もし良かったら、ここで働きませんか？　家族の宝物をコッソリ売ってお金にするのではなくて、ちゃんと働いてご自分で交通費を稼いではいかがでしょうか』

恐るべき観察眼で、私のすべてを見抜いてバイトに誘ってくれたホームズさん。

その不思議な彼と、美しい芸術品に触れることで、少しずつだけど私の傷は癒えていった。もう、元彼も親友も過去のこと。埼玉に帰るのはやめようと思った頃だった。

祇園祭宵宵山の夜。

学校行事の一環で埼玉から訪れた元彼と親友に対峙することとなった。

すっきり解決なんてとんでもない。

友人たちはみんな元彼と親友の味方で、私はただ一人、針の筵となってしまった。

そんな私を助けにきてくれたのも、ホームズさんだった。

強く手を引いて、あの場から連れ出してくれて……私は本当に救われたんだ。

『いっぱい泣いたらええ、葵さんはがんばったんやから』

ポンポンと優しく背中を撫でてくれる大きな手。

提灯の明かりの下、ホームズさんの広い胸で泣いてしまったことを思い出しては……、少し胸が熱くなる。

「なぁ、好きになったりしたん？」

突然顔を覗いてきた香織に、バクンと鼓動が跳ねた。

「は、はい？」

「ピンチのところを救ってもらったんやろ？　それにあれだけのイケメンやもん、クラクラきてもおかしないなぁって。うちのお姉なんて、ホームズさんのめっちゃファンやで」

「そ、そういう香織は？」

ためらいつつ尋ねると、香織は露骨に顔をしかめて、首を振った。

「私はあかんわ。なんや、得体の知れない怖い人って印象が強《つよ》うて。お姉は、カッコええっておのぼせとったけど。私はあのお見通し具合がほんま怖かったわ」

まぁ、たしかに、斎王代事件で何もかも見透かされた香織側としては、恐怖を感じても無理もないのかもしれない。

「で、葵はどうなん？」

「ほ、本当のことを言うと、ドキドキはしたけど……。でも、ずっと元カレのことで胸を痛めていたから、自分の気持ちがよく分からなくて」

「そやなぁ。でも、夏休みの間にホームズさんとおって、さらに接近したんちゃう？」

「ううん、ホームズさんは夏休み中、オーナーと海外に行ってしまっていて、ずっと留守だったから」

「オーナーって、あの家頭誠司《せいじ》さん？」

国選鑑定人であるホームズさんのお祖父さん・家頭誠司さんは、市内においてはなかなかの有名人のようだ。

「うん。オーナーは海外での仕事もいろいろあるみたいで、夏休みはいつもホームズさんを連れて行くみたい」

「ああ、そうか、ホームズさんは跡継《あとつ》ぎやから」なるほど、と頷く香織。

『跡継ぎやから』というのは、まさしく、その通りで。

今や美術鑑定界において世界的権威であるオーナーは、なるべく自分の跡継ぎである、孫のホームズさんをたくさんの関係者に見知ってもらおうと、奮闘しているらしい。

それは今に始まったことではなくて、昔から長期休暇のたび海外に引きずり回されて、あまり勉強ができなかったと言っていた。そういえば出会った頃に、『祖父と遊んでばかりいて、現役で京大に入れなかった』と言ってたけど、このことだったわけだ。

「そんなわけで、夏休みの間、私と店長さんが『蔵』で留守番していたの」

「それはそれは、トキメキとはかけ離れた夏休みやったなぁ。あの店長と二人で店番なんて、地味すぎやん」

「でも、店長さんと店番も、ほのぼのしていて良かったんだけどね」

口数が少ないけど、とても優しい店長と過ごす時間も、私は気に入っている。

「そんで店長は一人で店と家の留守番しはってたわけや、大変やなぁ。……そういえば、ホームズさんってどんな家に住んでるん？」

　突拍子もなく尋ねてきた香織に、「家？」と瞬いた。

「古美術の世界の人やし、なんや昔ながらの『町家』とかに住んでそうな気ぃして」

「ああ、なるほど。京男子全開だし、たしかに『町家』とかに住んでそう」

　うんうん、と頷くと、香織は怪訝そうに顔をしかめた。

「京男子って。『京男』やろ？」

　ホームズさんと同じように突っ込む。

　どうも、京都の方は昔ながらの言葉を勝手にアレンジするのは、気になるようだ。

「うん、知ってるけど、ホームズさんって『京男』っていうより『京男子』って感じがして。『京男』よりも少しだけライトな感覚っていうのか」

「――ああ、言われてみれば、そのニュアンスはわからんでもないわ」

　納得したように頷く。

　どうやら、分かったうえでのアレンジなら認めてもらえるみたいだ。

「で、ホームズさんの家を知らへんの？」

　話を戻され、我に返って顔を上げた。

「うん。行ったことないし見たこともない」

　ただ、家頭家の『住宅事情』は聞いていた。オーナーの家が銀閣寺の方にあって、店長のマンションが八坂の方にあり、ホームズさんはその二つの家を行き来しつつ管理してるそうだ。ホームズさんにとっては家が二つあるような状態らしい。

「そうなんや。みんな一緒に住んでるんじゃないんや」

家頭家の住宅事情を聞いた香織は、「へええ」と興味深そうに腕を組んだ。

「それで今度、そのオーナーの家に呼ばれてるの」

「ええやん、どんな家だったか教えて」

「その時に香織にもきてもらいたくて」と続けた私に、「へっ？」と香織は素っ頓狂な声を上げた。

「私が？　なんで？　いややわ、私、あんまりホームズさんに会いたないいんやけど」

全身で拒絶するかのように、ブンブンと首を振る香織。

「えっ、どうして？」

「なんや、何もかも見透かされそうで、怖い」

真顔でそんなことを言う香織に、思わず笑ってしまう。

「見透かすかもしれないけど、大丈夫だよ」

「やっぱり見透かすやん、怖いわ。って、なんで葵は平気なん？　見透かされるの嫌やないの？」

「わ、私？　最初はゾッとしてたんだけど、最近はなんだか慣れてきて。話が早くていいなって思うようになってきた、というのか」

「話が早《はよ》うてって、慣れすぎやろ。そもそも、なんで私が?」

香織が『なんで?』と思うのは無理もない。

「それが……昨日のことなんだけどね」

ゆっくりと話し始めた私に、香織はゴクリと息を呑んだ。

2

——それは、昨日の日曜日
一か月留守にしていたホームズさんが骨董品店『蔵』に戻ったことで、今までどこか、バタついていた店内がしっかりと落ち着いているのを感じた。

ホームズさんは店主の孫で本業は学生にもかかわらず、『蔵』にはなくてはならない存在なんだと改めて思ったりして。私自身も気持ちが落ち着くのを感じながら、いつものようにまったりと仕事をしていると、

「葵さん、来週の週末ですが、空いてますか?」

帳簿をつけていたホームズさんが、『そうだ』という様子で顔を上げた。

「来週末ですか?」……週末はいつも、ここにバイトにきているはずなんですが。

そう思いながら卓上カレンダーに目を向けると、来週末はこの『蔵』が珍しくお休みだったことを思い出した。

「そういえば、来週末、このお店お休みでしたね」

「ええ、そうなんですよ」

この店には特に定休日がない。

そんなにお客さんが入るわけじゃないし、この店の売上で生計を立てているわけではなさそうだけれど、『店を閉めるとアーケードに寂しさが漂ってしまう』という趣旨のもと、基本的にいつも開店している。

そんな『蔵』が週末に二日も休むなんて珍しいことだった。

(ちなみに、私がバイトにきてからはじめてのことだ)

予定を聞かれるなんて、どうしたんだろう？

心なしかドキドキするのを感じながら、「予定はないですよ」と振り返ると、

「僕の家に遊びに来ませんか？　あ、祖父の家の方です」と続けた。

オーナーの家というと、銀閣寺の方だ。

「えっ？」驚きよりも、嬉しさが勝り、頬が緩む。

家頭家がどんな感じなのか、単純に興味がある。

「もし良かったら、お友達の香織さんもお誘いいただけたら」

さらにそう続けたホームズさんに、「香織を？」と戸惑いの声が出てしまった。

どうして香織を誘うように言うんだろう。

ホームズさんは香織のことを気に入っているんだろうか。それで、私をダシに香織を家に招こうとしているとか？

……それは勝手だけど、ダシにされるのは、なんだか面白くない。

ほんの少し悶々としていると、ホームズさんは小さく息をついた。

「ええ、なるべく人が多い方がゴキゲンなので。特にあの人は、老若問わずに女性が大好きですし」

「――あの人って？」

「失礼しました。実は週末に祖父の誕生日パーティを開くんですよ。喜寿のお祝いになるんですが」

喜寿はたしか『七十七歳』のお祝いだ。そういえば、うちの死んだお祖父ちゃんも七十七歳の誕生日を迎えた時、身内が集まって喜寿のお祝いをした記憶がある。

オーナーも七十七歳になるんだ。元気というか、パワフルだなぁ。

「それは、おめでとうございます」

「ありがとうございます。数えで七十七歳なので、満七十六歳なんですがね。喜寿の祝いは家でパーティを開きたいと言い出しまして、たくさんの友人知人を招くんです。

葵さんにも、ぜひ出席していただきたいのですが、僕もバタバタと忙しくすると思うので、お友達も一緒だったら、不安もないのではと思いまして」

その言葉に、ホームズさんが『香織も』と言った意図をようやく理解した。

そうか、たくさんの人が訪れる誕生日パーティ。

ホームズさんがいろいろと忙しい中、私一人ポツンとなってしまう可能性もあるわけで。

友達が一緒ならば心強いと思ってくれたわけだ。相変わらず細やかな心遣い。

「は、はい、ぜひ。香織も誘います」

「良かった。土曜の昼からを予定しているので、ぜひ」

「土曜日ですね。……日曜も店を休みにしているのはどうしてですか？」

「パーティが朝まで続く可能性がありますので」

肩をすくめるホームズさんに、「なるほど」と笑ってしまった。

「お昼からパーティということは、ホームズさんは午前中は準備に追われるんですか？」

たくさんの人が訪れるパーティなんて、きっと準備が大変なんだろうな。

料理とか、もしかしてホームズさんが全部作るんだろうか？

「ええ。ですが、料理は付き合いのある料亭に頼みましたし、僕がやることはセッティング程度なんですがね」

料理は仕出しなんだ。きっと豪華に違いない。

それなら、ホームズさん一人でも準備できるのかもしれないけど……。

「……あの、もし良かったら、午前中にお邪魔してお手伝いしましょうか？　あまりお役に立てないかもしれませんが」

そっと告げた私に、ホームズさんは「えっ？」と瞬いた。

「あ、私なんかいても、逆に邪魔ですよね」

「いえ、そんな。でも、いいんですか？」

「ええ、もちろん」

「……ありがとうございます、それでは土曜日、お願いしてもよろしいでしょうか」

「はい」元気よく頷くと、

「ほんま、おおきに。葵さんは優しいんやな」

なんて不意に言われて、カァッと頬が熱くなった。

3

「――そうなんや、オーナーの喜寿のお祝いパーティがあるんやね！」

私の話に、香織は目を輝かせた。

「土曜のお昼からなんだけど、もし良かったら。ちなみに私は午前中から行って、お手伝いする予定なの」

「それは、面白そう。ぜひ、出席したい！」

「ありがとう。でも、ちょっと意外だった。『興味ないから』って断るかと思った」

　即答してくれたことを意外に思いつつも、少しホッとして胸に手を当てた。

「だって、あの『家頭誠司』の喜寿のパーティやで。絶対すごい人がゲストで続々来そう。葵は去年越してきたから知らんやろうけど、誠司さん、二年くらい前まで関西のテレビにたまに出とったんやで」

「ええ？　それは初耳」

「ほら、『家宝探訪』って番組あったやろ？」

　家宝探訪――。それは家に残る家宝を鑑定するという番組だった。

　なかなかの人気番組だったけど、そんなに家宝を所持している家がないということから、とっくに終わってしまっていたような……。

「関西では、その『家宝探訪』が人気で、定期的にスペシャル番組をやってて」

「へぇ、そうだったんだ」

「その番組にたまに誠司さんが鑑定士として出演することもあって、関西ではなかなかの有名人なんやで」

「それは、知らなかった」

もう、どうして誰も言ってくれなかったんだろう。だけど、なるほど。どこに行っても『あの家頭誠司さん！』という雰囲気はテレビの力もあったのかもしれない。

「基本的にご年配向けの番組やから、私はよう観いひんかったけど、誠司さん、テレビではえらい上品で紳士的な雰囲気で、お茶の間の奥様の心もつかんでいたみたいやわ」

「……上品で紳士的」

オーナーはテレビ出演の際に、随分と猫をかぶっていたようだ。

あの豪快かつ自由なキャラを前面に出した方が、人気が出そうなものなのに。

「だから、もしかしたら芸能人とかも来るかもしれへんで」

さらに目を輝かせる香織に、ギョッとしてしまった。

「げ、芸能人？」

そんな、本当に芸能人とか来たらどうしよう、緊張する！　と焦ったものの、次の瞬間、フワッと秋人《あきひと》さんの顔が浮かぶ。

……ああ、あの人も、芸能人だったね。しかも、かなりのイケメンだ。

そう思うと、急に緊張がほぐれる気がした。

「楽しみやわぁ」

嬉しそうに目を細める香織に、少し戸惑う。

「……香織って、意外とミーハーなんだね」

もっとクールな子かと思ってた。

「なに言うてんの。京の人間はな、みんな割とミーハーなんやで」

「えっ？　そうなの？」

「そうやで。あんまりミーハーさを出さんようにしてる人も多いけどな。ちなみに新しいものも、パンも洋食もラーメンも大好きや！」

「たしかに、パン屋さんもラーメン屋さんもすごく多いよね」

二人で顔を見合わせて、アハハと笑った。

4

それから、ホームズさんは誕生日パーティの準備や学生業に忙しくなったようで、『蔵』に顔を出さなくなっていた。

店番は、主に店長。

店長は執筆に行き詰ると、一か所に留まっていられなくなるようで、私がバイトに入るなり店を飛び出して行くことも多々あるのだけど、最近は随分筆が乗っているようだ。店を飛び出して行くことはなくなり、カウンターで一心不乱に原稿を書き綴っている。

今日なんて、私が『おはようございます』と店内に入ったことに、しばらく気付かなかったくらい。

すごい集中力。だけど、これって、店番としてどうなんだろうとは思うけど。

クスリと笑って、店長の執筆の邪魔にならないように、静かに掃除をする。

とにかく品物がたくさんあるから、埃を取るだけでひと苦労だ。

カリカリカリと店長がペンを走らせる中、掃除をする。こうした時間も嫌いじゃない。

店長はピタリと手を止め、「よし」と体を伸ばした。

どうやら、展開が一段落ついたらしい。

掃除の途中だったけど、すぐに給湯室に入って、コーヒーの準備をした。

「どうぞ」コトンとコーヒーカップを置くと、店長は我に返ったように顔を上げて、

「――ああ、葵さん、ありがとうございます」と嬉しそうに目を細めた。

「原稿、一段落ついたんですか？」

「ええ、書き下ろしの短編なんですが、終えることができました」

「お疲れ様です」

店長は「ありがとございます」と呟いて、ゆっくりとコーヒーを口に運ぶ。

こうした時の仕草が、本当にホームズさんに似ている。

私の視線に気付いた店長は、不思議そうにこちらを見た。

「どうかされましたか？」

「いえ、もうすぐオーナーのパーティですね」

そう言うと、店長は卓上カレンダーに目を向けて、弱ったように息をついた。

「……本当ですね」

なんだか気乗りしてない様子だ。

「もしかして、お仕事が詰まっているんですか？」

「いえいえ、わたしは人前に出るのが苦手なんですよ。父の誕生日ですから挨拶しなければならないでしょう？　緊張しすぎるとお腹が痛くなってしまうんですよね」

憂うつそうにまた息をつく。失礼かもしれないけど、そんな店長がなんだか可愛いと思ってしまう。こうしたところはホームズさんやオーナーとは全然違う。

オーナーはテレビに出ていたというくらいなのに。

「……そういえば、友達に聞いたんですが、オーナーってテレビにも出ていたって本当ですか？」

「ええ。というか、葵さん、ご存じなかったんですか？」

「知らないですよ。誰も教えてくれなかったですし」

「それは失礼しました。なんていうか、周知の事実すぎましてね。それにテレビ出演といっても、二年前を最後にもう出演していないですし」

「もう、テレビには出ていないんですか？」

「ええ、依頼はきているんですが、断っているんですよ」

「なんだかもったいないですね。私もテレビに映っているオーナーを観たかったな」

残念、と漏らした私に、店長は小さく笑った。

「テレビの中では、随分ととりすましてしたよ」

「それ、友達にも聞きました。今はどうして別人のようでしたよ」

「ええ、ちょっと……いろいろありましてね」と言葉を濁した店長に「ん？」と目を凝らした時、ドアが『カラン』と開いた。

「わあ、素敵な店内。アンティークカフェみたい」

「私、陶器のカップが欲しかったの」

観光客らしいお客さんが二人、店内に入ってきた。

「いらっしゃいませ。ゆっくりご覧くださいね」

私は慌てて扉の方に顔を向けて、接客用スマイルを作った。

5

そうして、土曜日。

朝九時に『哲学の道』の入口で、ホームズさんと待ち合わせすることになった。

ちなみに哲学の道へ行くには、『今出川通《いまでがわどおり》』という横道を、ただひたすら、東に向かって走って行くと、『白川通』という縦道に当たる。

そこに、『哲学の道』の入口があった。

『バスもいいけど、自転車で行ける距離だから、自転車で行くことにしよう』

なんて思って、いつものように自転車で向かったんだけど——東大路通《ひがしおおじどおり》を越えたあたりから、ずっと続く緩やかな坂道！

地味にキツイ（帰りは、きっと楽だろうけど）。

せっせとペダルを漕ぐ。カゴの中ではオーナーへのプレゼントがガタガタと揺れていた。

ちなみにプレゼントは『天覧山』という埼玉の銘酒だ。世界の目利きに何を贈ってよいのか分からず、お母さんに相談したところ、『お酒が無難なんじゃないか』という話になり、取り寄せてもらったもの。

懸命に走っていると、やがて傾斜の先に見えてくるのは、『じょうどじはし』とひらがなで書かれた小さな橋。その右横奥には、『哲学の道』という木の看板があり、橋の上には、こちらに向かって笑顔で片手を上げるホームズさんの姿があった。

シャツにジーンズというラフながらも爽やかな装いに、思わず目を奪われる。

「お、お待たせしました」

信号を渡り、橋の上に着くなり自転車を降りた私に、

「やはり自転車で来られたんですね。今出川の傾斜は堪えたでしょう」

ホームズさんはクスリと笑って、未開封のスポーツドリンクを差し出してくれた。

自転車で来ると予想して用意してくれていたらしい。

今さらながら察しの良さと、準備の良さに感心してしまう。

「――ありがとうございます。距離的に自転車でも大丈夫かと思ったんですけど、まさかこんなに地味な坂が続くなんて」

ペットボトルの蓋をカチリと開けて、ゴクリと飲む。

疲れていた体にじんわり染み渡る気がした。

「あなたの住んでいる洛北からここまで自転車で来られるなら、北大路通《きたおおじどおり》から白川通に出て、そこから下ってくる方が楽だったかもしれませんよ？」

「ちょっ、それ早く言ってくださいよ」

ムキになって顔を上げた私に、ホームズさんは「本当ですね」と笑った。

「それでは行きましょうか。あっ、自転車は僕が押しますよ」とホームズさんはグリップを手に自転車を押しながら、ゆっくりと歩き出す。

「……ありがとうございます」

相変わらずのスマートさに感心しながら、ホームズさんの後をそっと歩く。

琵琶湖疏水《びわこそすい》の両サイドには、ほんの少し紅葉に色付いた木々が並んでいる。

これらはすべて桜の木で、春はきっと絶景に違いない。静かな疏水の水音に合わせるかのように、木々の葉が風に揺れている。

お洒落なカフェもあちこちに見えて、なんだか胸が弾む。

『哲学の道』は、まさに考え事をしながら、のんびり散歩するのに最適な、改めて素敵なところだと感じた。

「……家はここから近いんですか？」

「少し歩きますが、近いですよ」

「そうですか。楽しみです」

どんな家なんだろう。いつも着物を着ているオーナーの家だ。

やっぱり、和邸宅なんだろうか？

パーティを開けるくらいだから広いんだろうな。

ああ、すごく楽しみだ。

「お手伝いもがんばらないと」

独り言のように漏らして拳を握ると、ホームズさんは申し訳なさそうにこちらを見た。

「すみません。セッティングは、昨夜と今朝のうちに終わらせてしまったんです」

「え、ええ？」

「せっかく、ここまできてもらったのですから、銀閣寺《ぎんかくじ》を案内できたらと思ったんですが、どうでしょうか。葵さん、銀閣寺に行ったことはありますか？」

そう問われて苦笑した。

「銀閣寺は……中学の修学旅行の時に行ったんですけど、あんまり覚えてないんですよね。『哲学の道』のことは覚えているんですけど。銀閣寺に至っては、金閣寺の後に見てしまったので、『銀じゃないじゃん』と思ってしまった印象が強くて」

肩をすくめた私に、ホームズさんは『そんなことだろうと思った』という様子で頷いた。

「そう仰る方も多いんですが、銀閣寺もなかなか良いものですよ。寺自体、銀ではないんですが、『いぶし銀』の渋さを感じさせるんです」

「……いぶし銀、ですか」

「そうです。たとえば派手で豪快な祖父が金閣寺なら、しっとりと落ち着いた父が銀閣寺といったところでしょうか」

その譬《たと》えが、唐突だけれど分かりやすくて、笑ってしまった。

「た、確かに、オーナーは絢爛豪華《けんらんごうか》な金閣寺って感じですよね！　店長さんを彷彿とさせる銀閣寺も改めて行ってみたいです」楽しみになって声を上げた私に、

「では、行きましょう」

ホームズさんはニコリと微笑んだ。

そのまま哲学の道を奥へと進み、左（北）に曲がると、銀閣寺へと続く参道に入る。

小さな車がようやくすれ違うことができる程度の小路。

そこには、たくさんのお土産屋さんが軒を連ねていた。

「わあ、なんだか、清水寺に続く二年坂っぽい雰囲気ですね」

「あそこまで規模は大きくありませんが、楽しい雰囲気はありますよね」

自転車を押して歩きながら頷くホームズさん。

朝も早めだから人も少なく、まだ開店していない店も多いけど、昼時になったらかなりの賑わいだろう。

お洒落なカフェもいくつかあって、今度ゆっくりきて入ってみたいと思ったり。

「ホームズさん、あのカフェって、入ったことありますか?」

カフェに目を向けながら尋ねた私に、「えっ?」と、ホームズさんは驚いたようにこちらを見た。そのリアクションに、戸惑ってしまう。

「どうかされました?」

「葵さん、愚問ですよ」

「ぐ、愚問ですか?」

「愚問は言いすぎましたね、失礼しました。僕はカフェがとても好きなんです。多分ですが、京都市内のカフェはすべて足を運んでいると思います」と強い眼差しを見せたことに、今度は私が驚いた。

「えっ、そうだったんですか？　市内中のカフェ、一軒一軒ちゃんと覚えているんですか？」

「はい、すべてノートにその記録と感想を残しています」

「す、すごいですね」

「いつか、『京都カフェ探訪』というレポート本を出す野望を持っていまして」

「わあ、素敵ですね」

「いえ、それは冗談です」

「わ、分かりにくい冗談はやめてください！」

な、なんていうか、ホームズさんって……やっぱり、変な人だ！

「本を出す野望というのは冗談ですが、大学院を修了したら『蔵』をアンティークカフェにしたいと思っているんです。今の状態ではうちの店って入りにくいでしょう？　カフェなら気軽に入れて、骨董品にも触れていただけるかと思いまして」

「なるほど。それもすごく素敵ですね。カフェなら入りやすいですもん」

「ありがとうございます。その時は葵さんにもいっぱい手伝ってもらうかもしれませんので、よろしくお願いします」

柔らかく微笑むホームズさんに、ドキンと鼓動が跳ね上がった。

それって、何年後？　そんな先まで、働かせてもらっても良いのかな？

「は、はい。がんばります」

「思えば、まだまだ先の話ですよね」

楽しげに笑うホームズさんに、ドキドキが止まらない。

そうして、決して長くない参道を散歩するように歩き、自転車を停めて、銀閣寺境内へと入った。ちなみに銀閣寺というのは愛称で、本当の名前は、『東山慈照寺《ひがしやまじしょうじ》』。

気が付くとホームズさんが拝観料を払ってくれていて、お札にもなっている入館券を
「どうぞ」と手渡してくれた。

「ありがとうございます。あの、どうして銀閣寺は銀を使われていないのに『銀閣寺』と呼ばれているんですか？」

「そうですね、銀閣寺を創建したのは、室町幕府八代将軍の足利義政なんですが、祖父である足利義満が建てた金閣寺を参考に、この東山山荘を建造しました。東山山荘の楼閣建物を『銀閣』と呼ぶことから、寺院全体が銀閣寺と称されているわけなんです」

相変わらず、流れるように出てくるうんちくに感心しながら、中へと進んでいく。

すぐに目の前にあらわれた、黒漆の寺院（観音殿）。

その落ち着いた佇まいは、まさに『いぶし銀』の渋さを感じさせた。

中学の修学旅行では、何も感じなかった……というか、むしろガッカリした銀閣寺だったけど、今回は事前に『いぶし銀の渋さがある』と言われたせいか、まさに、と頷けるも

のがあった。

　華美ではない。穏やかで、優しく、どこまでも上品で——渋い。

「ま、まさに、店長さんです、ホームズさん！」

　振り返って声を上げた私に、周囲の人がポカンとしていて、慌てて口に手を当てた。

「『いぶし銀』の渋い寺院でしょう？」

「はい、なんていうか、大きくならないと分からない魅力がありますね。中学の時では、分からなかったです」

「葵さんもすっかり大きくなられたんですね」

　シミジミと言うホームズさんに、頬が熱くなる。出た、地味な『いけず』攻撃。

「そ、そんな、やめてくださいよ。それより、店長さんが銀閣寺で、オーナーを金閣寺に譬《たと》えていましたが、ホームズさんのお寺はなんですか？」

「僕ですか？　そんなおこがましいです。ただ、寺の中で一番好きなのは清水寺ですね。清貴の清の字も一緒ですし」

　胸に手を当てながら、遠くを見詰めつつキラリと目を光らせるホームズさん。

　あ、清水寺がいいんですね……と、つい私も遠くを見るように目を細めてしまう。

「好きなだけで、自分がそうだと言ってないですよ。そんな引いた目で見るのはやめましょうか」

「えー、本当ですか？」

「ええ、清水寺なんておこがましいです」

そんな他愛もない話をして二人で笑い合いながら、順路を進んだ。

銀閣寺の境内をグルリと回る順路は、思ったより歩かされる。

こ、こんなに歩くの？　少し息が上がっているのを感じながら、石階段を登りきった時、そこから、京都の町が見下ろせた。

グルリと山に囲まれた中、低い民家の屋根が並んでいる。

高い建物が少なく、この町が本当に山に囲まれているのが分かる。

「わ、わあ、すごい見晴らし」

「東山から望む京の町です。なかなかの景色でしょう」

「はい！　疲れが飛びました！」

青い空の下、爽やかな秋風が、優しく肌を撫でる。

東山から見渡す京都の町も、また別の味わいがあって……。

「ホームズさん、私、来て良かったです。銀閣寺が大好きになりました」

そう言って振り向いた時に、とても嬉しそうに笑うホームズさんの顔が不意に目に飛び込んできて、ドキンとしてしまった。

「良かった。僕も銀閣寺が大好きなんです。だけど、ここはこの愛称のせいで、少し損をしている気がするんですよね」

「……確かにそうかもです」

「ですので、葵さんに好きになってもらえて嬉しいです」

なんて、相変わらず京の町を背負っているホームズさんに頬が緩む。

「それでは、そろそろ行きましょうか」

「あ、はい、そうですね」

そうだ、これからパーティがあったんだ。

「そういえば、オーナーって、テレビに出ていたんですね？」

坂を下りながら思い出して尋ねた私に、ホームズさんは小さく頷いた。

「──ええ、二年前まではちょくちょくと」

「どうして今はもう出なくなったんですか？」

店長にこのことを聞いた時、なんとなく答えたくなさそうだったような。

「二年前に、『家宝探訪☆秋のスペシャル』という番組に出演した時に、ちょっとトラブルを起こしましてね。それからテレビは面倒くさいと言い出しまして」

「トラブルですか？」なんだか、勝手にハラハラしてしまう。

「葵さんは、『ドン・影山』というマジシャンをご存じですか？」

「ええ、もちろん。有名ですよね」

当たり前のように頷くほどの有名人だ。マジシャン、つまりは手品師なんだけど、『平成の奇術王』と呼ばれて、芸能界でも大御所的な存在という感じだ。辛口で毒舌なことでも知られていて情報番組にコメンテーターとして出演することも多い。

傍若無人なイメージもあるけれど、慈善活動にも積極的だったりすることから、芸能界の御意見番っぽい雰囲気もある。

「そのドン・影山が番組に家宝を持参したんですよ。李王朝《りおうちょう》の染付《そめつけ》の壺でして、本物でしたら大変高価な物です。番組の目玉ともいえる品物でした。しかし収録が始まる前の品物事前チェックで、それがニセモノだと祖父が鑑定してしまいまして、スタッフ一同大騒ぎになりましてね。

プロデューサーに『番組のためにも本物だと言ってくれないか』と頼み込まれたんです。ですが、当然のごとく祖父は首を縦に振らず、仕方がないからそのまま番組収録に入ることになったんです。収録とはいえ一般観覧者がいる中で、ニセモノだと明言した祖父に、ドン・影山は『お前の目が節穴だ』と大憤慨して大騒ぎになりまして。

そのドン・影山の収録はすべてカットとなり、それらすべてが祖父のせいだという空気になったことに、また祖父も激怒しましてね。『ワシは、もう二度とテレビに出ん！』と、まぁ、こんな感じだったわけです」

「な、なるほど」

あまりにオーナーらしいエピソードに、感心すらしてしまった。

「放送はされなかったので、世間的には知られていないんですが、裏では結構な騒ぎだったようですよ」

「……そんなことがあったんですねぇ」

やっぱり、テレビは大変な世界なんだなぁ。

でも、そんな騒ぎを起こしたってことは、芸能人とかは来ないかもしれない。

少しホッとすると同時に、楽しみにしている香織に対して申し訳なくも思ったり。

……あ、でも、秋人さんは来てくれるだろうから、それでいいかな。

一応、イケメン俳優だし。

またも秋人さんの存在に救われることを感じながら、銀閣寺を後にした。

6

「家はこっちです」

再びホームズさんは自転車を押してくれながら、参道を出て少し歩き、中道に入った。

「どんなおうちなのか楽しみです」

ワクワクしながら、後を歩く。

お寺っぽいのかな？

それとも町家テイストなのかな？

「あれが、そうです」と指した先を見て、言葉を失った。

その建物は、パッと見た時には美術館かと思った。

重厚感溢れる石造りの洋館。グレーの石壁が、まるで明治時代の建物のようだ。横浜や小樽といった港街に、こういう文化遺産がありそうな雰囲気。

なんていうか、全然、和風じゃない！

「す、すごいですね」

すごいなんてもんじゃない。大きさはさほどでもないけれど迫力の屋敷だ。本当に小さめの美術館みたい。

「ここは元々、祖父の伯父である師匠の屋敷だったんです」

キイイ、と黒い鉄柵の門を開ける。

「オーナーの伯父さんが師匠でもあったんですか？」

「はい、祖父の伯父が師匠でした。その師匠は豪商であると同時に、大変優秀な美術鑑定士だったんです。というより目利きが高じての成功だったのかもしれませんが。この屋敷はそんな彼が、自身のコレクションを飾り、客人に見せるために建てたものなんです」

つまり、元々『美術品展示用屋敷』だったわけだ。

　屋敷自体が美術館っぽいのも頷ける。

「祖父がここに移り住んだのは正式に跡継ぎと認められて、師匠が引退してからのことで、四十を過ぎた頃だと言っていました」

「この家を子どもに譲らずに、甥のオーナーに譲ったということですよね？」

「師匠には子どもがいなくて、親戚一同と弟子の中で、跡継ぎに一番相応しいと思った者に譲ると吹聴していたようです。当時、祖父はたくさんのライバルがいる中、認めてもらおうと、すべてにおいて必死に努力したと言っていました」

「……な、なるほど」

　勝ち取った栄冠のようなものなんだ、この屋敷は――。

　そんな石造りの洋館を取り囲むのは、それに似つかわしくない『和庭園』。

「ミスマッチでしょう？　祖父は、庭は和風の方が『わびさび』があって好きだと言っていまして。場所によって四季が楽しめるようになっているんです」

「そうなんですね。ミスマッチかもしれませんけど、こうして見ているとしっくりきてますし、すごく素敵です」

　まさに『和洋折衷』。思えば、『蔵』も和と洋が融合されている気がするから、家頭家の特徴のひとつなのかもしれない。

「葵さん、こっちです」

「あ、はい」気が付くとホームズさんは自転車を庭の端に停めてくれていた。

そのまま石階段を登り、玄関の大きな両扉を開けると、吹き抜けとなったホールが広がっている。

「お、お邪魔します」

ドキドキしながら、そっと足を踏み入れる。

柱時計にきらびやかなシャンデリア。絵画や壺、彫刻と並び、本当に美術館のようだ。

「……あの、玄関は？　ここはもしかして靴のままなんですか？」

「一階は靴のままで、二階からはスリッパなんです」

「へっ？」

「基本的にこの一階は、客人に美術品を見せる空間と考えられていまして」

「あ、なるほど」

ある意味、本当に美術館なわけだ。

納得しつつ、ホールに足を踏み入れたその時、

「――お帰りなさい、清貴」

隣接した奥の部屋の扉が開いて、そこから、シックな黒いドレスを着た美女が出てきた。

巻いた栗色の髪に、朱色の口紅。口元のホクロが悩ましく、細身ながらメリハリのある抜群のスタイル。身体のラインに合わせたドレスに、真っ赤な高いヒールが印象的だった。

その髪の艶にあらわれているように、どこか隙のない美しさだ。

年齢は……二十代後半か、三十代前半といったところだろうか？

――だ、誰？　もしかして、ホームズさんの彼女？

「ただいま帰りました。好江《よしえ》さん。準備万端ですね」

「あら、そろそろ、清貴も用意しなきゃダメよ」

好江さんというらしいその女性は、少し窘めるような目を見せて腕を組んだ。

どうやら、彼女というわけでもなさそう。

二人の様子に圧倒されていると、彼女は私に視線を移して柔らかな笑みを見せた。

「こんにちは、はじめまして、滝山好江です。よろしくね」

「は、はじめまして、真城葵です」

よく分からないままに自己紹介をして、頭を下げる。

「誠司さんから話に聞いてるわ。本当に可愛いバイトさんが入ってくれて、がんばってくれてるって。良かったわねぇ、清貴」と嬉しそうに目を細める彼女に、

「ええ、良かったです」と頷くホームズさん。

なんだか、気恥ずかしい……と、それはさておき、この人は一体？

戸惑う間もなく、再び奥の扉が開いて、今度はオーナーが出てきた。

「葵ちゃん、今日はおおきに」

いつもは小粋な着物姿だけど、今日はなんとタキシードを纏っていた。

「オーナー、おめでとうございます。あの、これは埼玉の銘酒で心ばかりのものなんですが」とラッピングしたお酒の箱を差し出すと、オーナーは顔をクシャクシャにさせた。

「おおきに、なんや、気ぃ遣わせてもうて」

「いえいえ、今日はオーナー、洋装なんですね。はじめて見ました」

「ええやろ。でも、後で着物も着るで」

「それは、お色直しをするということですか？」

「おう」

結婚式の花嫁でもないのにお色直しするなんて、やっぱりオーナーはやることが派手だ。

すると、好江さんが嬉しそうにオーナーの元に歩み寄り、

「やっぱり洋装の誠司さんも、とても素敵だわ」そう言ってウットリと目を細めた。

「せやろ」と得意げな笑みを浮かべるオーナー。

――えっと、本当にこの人は一体？

再び小首を傾げていると、私の戸惑いを察してくれたホームズさんが耳元で囁いた。

「……好江さんは、祖父の彼女なんですよ」

「か、かのじょ？」声が裏返ってしまった。

「驚かれました？」

「は、はい。すごい歳の差カップルですよね？」

「ええ、歳の差は確かにありますが……彼女、見た目は若く見えますが、もう四十を超していますんですよ」

「う、うそ！」

「僕は親しみを込めて、『魔女』と呼ばせてもらっています」

たしかに魔女レベルの若さだ。

「彼女は美術関係のイベントコンサルタント会社を経営されていまして、うちの取引先でもあるんです。十年くらい前から、祖父と交際を始めましてね。とはいえ、二人とも我が強くて付き合ったり別れたりを繰り返している、腐れ縁なんですが」

「は、はぁ……付き合ったり別れたりの腐れ縁」

呆然としながら、オーナーと並ぶ好江さんに目を向けた。

あんな美人さんが彼女だなんて、オーナーの若さの秘訣が分かった気がする。

「それにしても、お色直しまでするなんて、オーナー、気合が入ってますね……」

「そうですね。祖父は今日のためにわざわざ横浜にいる職人さんにスーツと靴を仕立ててもらい、帽子は神戸の職人さんに、着物は宮下呉服店に仕立ててもらったんですよ」

さらにそう付け加えたホームズさんに、ギョッとしてしまった。

どうしよう、そんなに気合の入ったパーティだったなんて。

好江さんも素敵なドレスだというのに、私なんて、セッティングのお手伝いもするからって、こんなラフな格好で来ちゃった！

……でも、ホームズさんもラフだし。

「ホームズさんは、その格好のままですか？」

「いえ、後で着替えますよ」

「わ、私、着替えに帰ってもいいですか？」

「いえいえ、そのままで可愛らしいですよ」

「また、そんな取ってつけたようなことを」

「いえいえ」

すると、話を聞いていたらしい好江さんが「大丈夫」と歩み寄ってきた。

「ワンピースなら、いくつか持ってきているから葵ちゃんに貸してあげる。さっ、着替えに行きましょう」

「えっ？」

「こっちよ」

戸惑う間もなく、好江さんに少し強引に手を引かれて、私も奥の部屋へと入った。

「――葵ちゃんは、ピンクに白に水色だったら、どの色が好き？」

　奥の部屋に入るなり、楽しげにトランクケースを開ける好江さん。

「あ、ええと……水色？」戸惑いに頬が引きつってしまう。

「あら、せっかく、こんな時なんだから、ピンクにしましょうよ」

「ピ、ピンクはちょっと」

「大丈夫。濃いピンクじゃなくて、淡いピンクだから」と、本当に白に近い薄ピンクのワンピースを見せてくれた。シンプルだけど、とても可愛らしいデザイン。

「素敵なワンピースですね」心から言った私に、好江さんは、うふふ、と笑った。

「もしかしたら、葵ちゃんのお役に立てるかと思って、若い子に好まれそうなワンピースを持ってきていたの」

「えっ、そうだったんですか？　ありがとうございます」

　さすが、家頭家と付き合いの長い人、気遣いの方なのかもしれない。

「いいのよ。私ね、葵ちゃんに会えるの楽しみにしてたの。改めてこれからよろしくね」

「は、はい、こちらこそ」

「家頭の人間って、みんな男だけだし、ちょっと特異じゃない？」

「は、はあ」

「葵ちゃんも、家頭の男たちと関わっていて我慢してることいっぱいあると思うの。吐き出しちゃっていいわよ」

「我慢……?」そんなのあったかな? 原稿に行き詰まると、店を飛び出して行く店長に、戸惑ったことはあったけど、それほど困ることもないし。

ホームズさんも時々いけずだけど、いつもとても良くしてくれているし。

少し考えて、「……いえ、特にないです」と答えた。

そもそも、我慢を感じて溜めこむほど、付き合いが長くも深くもないというのか。

「好江さんは、どういうところに我慢しているんですか?」

「私はたとえば、骨董品のこととかね」

「骨董品のこと、ですか?」

「語り出すと長すぎとか、観始めると存在を忘れられるとか、突然、美術品を観にフラリと海外に行っちゃうとか!」

勢いよく身を乗り出す彼女に、気圧されてしまった。

なるほど、『彼女』の身になると大変なこともあるのかもしれない。

「誠司さんの骨董品熱ときたら異常だもの。あんまり夢中だから、一度壊したくなったことがあるくらい」

「こ、壊したくですか?」

「本気じゃないわよ。ようは私よりも夢中になられて、それが面白くないのよね」

好江さんは鼻息荒くそう言って腕を組んだ。

その様子から、本当にオーナーのことが好きなんだということが伝わってきて、微笑ましさに頬が緩んでしまう。

「だけど、好江さんは、そんな骨董品愛に満ちたオーナーを好きになったんですよね？」

「……ええ、最初はね。鑑定士としての彼を尊敬しているところから入ったし。でもね、それ以上に、私は『ジジ専』なのよ」

「ジジ専？」

「あ、今の子は違う言い方をするのかしら？　元々、初老くらいのオジサマが好きなのよ。つまり誠司さんの外見も好みドストライクだったわけ」

「そうだったんですね！」

なんだか、いろんなことを一気に納得してしまった。

「だけど誠司さんはいつも私より骨董品を愛しているし、そもそも、自由を好む人だから、どうにもつかめなくてね。『あんな人はもう知らない』って、何度も他の人を探そうと別れを決意するんだけど、実際に離れて他の人とデートなんてしたら、より誠司さんの良さを感じちゃって！　大体、家頭の男って、いろんな意味で強烈でしょう？」

「……たしかに強烈ですね」それだけは、強く同意できる。

「そうなの！　欠点も美点も何もかも強烈すぎて、駄目なのよ」

「それもなんだか、分かる気がします」

私自身、ホームズさんの変なところとか、多少引きつつも、なんだかクセになってしまうというのか。

「あーん、やっぱり葵ちゃんに話せて良かった！　友達に話しても、全然ピンときてくれなくてね」

それはそうかもしれない。家頭家をよく知らない人には、よく分からないんだろうな。

「本当にこれからよろしくね。愚痴も聞いてね」

嬉しそうに言う好江さんに、思わず笑ってしまった。

「はい、改めてよろしくお願いします」

一見したところ近寄りがたいような色っぽい美人さんだと思ったけど、良かった、とてもいい人そう。

少し嬉しく思いながら、互いに握手を交わした。

「さっ、着替えちゃいましょう」

張り切った様子で言う好江さんに戸惑うものの、その強引さに流されてしまって、着替えた淡いピンクのワンピース。好江さんが髪をアップにしてくれたり、

「わあ、葵ちゃん、綺麗なうなじ。これは大きな武器よ！」なんて言ってくれて、

「ほらほら、マツゲも上げるだけで、うんと印象が変わるし、薄く口紅も引いちゃいましょ

う」とメイクまでしてくれて。

すべてが終わった頃、好江さんは「わあ」と手を叩いた。

「やっぱり、こうしたらとっても可愛い！」

恥ずかしさもあったけれど、鏡に映る自分は、本当に別人のようだった。

「あー、やっぱり、女の子はいいわね。息子も可愛いけど、女の子がほしかったわぁ」

はぁ、と熱っぽい息をつく好江さんに、

「えっ？　好江さん、お子さんいらっしゃるんですか？」と驚いて振り返った。

「ええ、私はバツイチでね、息子が一人いて、今は高校一年生で留学中なんだけど」

「こ、高校一年生なんですか？」

私のひとつ下だ。そんな大きな息子さんがいるなんて衝撃すぎる！

あ、でも、四十代なら、珍しいことじゃないんだろうけど。

いかんせん、見た目が若いから。

「息子に誠司さんに武史さんに清貴と、私の周りって男ばかりで。だから、葵ちゃんとこうして仲良くできて、とっても嬉しいわ」

明るい笑みを浮かべる好江さんは、やっぱりとても綺麗だ。

「よ、好江さんって、本当にお若く見えますね。高校生のお子さんがいるようにはとても」

心からそう告げた私に、彼女は楽しげに笑った。

「誠司さんはね、美しいものが大好きなの。だから、がんばっているのよ。そしてそれは彼のためなんかじゃなく、自分のためにね」

その言葉は、なんだか胸に響いた。

好きな人のために、そんなふうにがんばれるってすごい。

だけど、それは『自分のためだ』って言いきれるのも素敵だと思った。

「ちなみに、私も誠司さんも自分のことが大好きな人間なのよ」

最後に付け加えられた言葉に、『そんな感じがします』と口には出さずに、心で呟いた。

7

着替えを終えて奥の部屋を出ると、すでに客人が訪れていて、ホールはガヤガヤと賑やかだった。

最初に目に入ったのは、上田さんに美恵子さんという馴染みのメンツに加えて、秋人《あきひと》さんの姿。

「――舞台の方はついに先週千秋楽を迎えたんで、明後日には東京に戻るんすよ。その前にオーナーのパーティに出られて良かったです」

そう話す秋人さんは、パーティ仕様のスーツ姿がなかなかスマートで、相変わらずチャラめではあるけれど、外見だけはイケメンだ。

良かった、やっぱりきてくれた。

これで、なんとか香織を満足させられそう。

ホッとしつつ、改めて遠巻きに客人の姿を眺めた。

秋人さんの隣には、スーツを着た中年男性。薄い色付きのサングラスに、手入れされたアゴヒゲ。なんとなく『業界人』という雰囲気の人だ。

「あら、あれは、プロデューサーの清水さんだわ」と声を上げた好江さんに、
やっぱり、業界人だったんだ！　と思いつつ顔を上げた。

「もしかして、『家宝探訪』のプロデューサーさんですか？」

「ええ、そうなの。当時はお世話になったんだけど、もうすっかり疎遠になったと思っていたのに……」

意外そうに漏らしたその言葉が少し印象的だった。

二年前にゴタゴタがあって以来、音沙汰がなかったんだろう。

さらに彼の隣には、どこかで見たような二人組。

「あら、あの二人組はもしかして、芸人の『マサムネ』じゃないかしら」

そう漏らした好江さんに、ハッとした。

「そうです、『マサムネ』です」

芸人というより、パントマイムなどで観客を魅了するパフォーマーだ。海外公演までしている二人組。正孝《まさたか》と宗義《むねよし》での二人で、『マサムネ』といった。

「オーナーは、『マサムネ』とも親しいんですか？」

「さあ……多分、初対面だと思うけど。きっと、清水さんが連れてきたんじゃないかしら。私も挨拶に行ってくるわね」

好江さんは、客人と楽しげに語らうオーナーの元に向かった。

美しい好江さんを見て、露骨に鼻の下を伸ばす秋人さんの姿が見える。

きっと、好みなんだろう。彼女が四十代で、しかもオーナーの恋人だと知ったら驚くに違いない。クスリと笑っていると、

「何か面白いことがありましたか？」と横からホームズさんの声が聞こえた。

「あ、いえ、秋人さんが……」

顔を向けた瞬間、フォーマルなスーツ姿のホームズさんにドキンと心臓が跳ねた。

艶やかな黒髪と整った顔立ち、少し白めの肌が艶のある漆黒のフォーマルによく映えている。それに加えて上品な物腰、柔らかな微笑み。

きっと明治・大正時代の華族のご子息って、こんな感じなんじゃないかな。

どうしよう、ホームズさん、素敵すぎる！

ドキドキさせられてしまっていることが、少し悔しい。

「……驚いた、そのヘアメイクは好江さんが？」

ホームズさんが本当に驚いた目を見せた。

「あ、はい。ドレスだけじゃなく、ヘアメイクもしてくれて。へ、変ですか？」

不安に思いながら、そっと顔を上げると、

「……綺麗やで。よう似合《にお》うとる」

なんて言われて、ズキュンと打ち貫かれた。

こ、ここで京都弁なんて、反則だ。


そうしている間に続々と客人が訪れ、すぐにホームズさんは対応に向かった。

私がなんとなく知っているのは、オーナーの鑑定士仲間の柳原先生に、以前京都ホテルオークラで出会った華道の花村先生。

あと、オーナーの従兄弟だという人たちもたくさんきていた。

(これって、かつてのライバルだった人たちなのかな？)

「葵っ！」

馴染みの声に振り返ると、香織が両親とともにいた。さすが呉服店、みんな着物姿だ。

「あっ、香織」

「結局うちは家族で招待されてて。お姉はテレビの取材で来られへんかったけど」

「うん、オーナーの着物を宮下呉服店で仕立てたって話を聞いた時に、もしかして、って思ってた。香織の着物姿、素敵だね」

紅葉があしらわれた茜色の訪問着。さすが、呉服店の娘さんという着こなしだ。

「おおきに。葵も綺麗やで。な、驚いたんやけど、あそこのイケメンは俳優さん？　それに『マサムネ』まで来とるんやね」

興奮気味に私の手をつかんで秋人さんを見る香織に、やっぱりミーハーなんだ、と頬が緩む。

そんな中、店長が現われて、『展示室』というプレートがついた大きな扉の前でそっと足を止め、皆を前にペコリと頭を下げた。

「──みなさん、本日は父の誕生日パーティに、ようこそお越しくださいました」

緊張しているのだろう、店長はほんの少し声を上ずらせながらそう言って、再び頭を下げる。皆は話すのをやめて、店長の方に体を向けた。

「こ、この家は元々、目利き商人であった父の師匠である家頭蔵之助《くらのすけ》の私設美術館のようなものでした。それは今にも受け継がれ、この『展示室』という部屋には家頭家の自慢のコレクションを展示しております。ぜ、ぜひ、お食事の前に、ご覧ください」

店長はぎこちなくそう言って、『展示室』の大きな両扉をガチャリと開放した。

客人たちは「わぁ」と目を輝かせて、展示室へと歩を進める。

「オーナーのコレクションやて。葵、早く行こ」

ワクワクした様子を見せる香織に、「うん」と頷いて、ともに展示室に入る。

一歩、足を踏み入れて絶句した。

そこは、まさに『小さな美術館』と言っても過言ではなかった。

ルネッサンス調の応接室に飾られた、美術品の数々。壁にはズラリと並ぶ絵画、掛け軸。

一定の間隔で置かれた丸テーブルの上には壺に花瓶、水差しに大皿。

「まぁ、どれも本当に素晴らしい」

「さすが、誠司さんだね」

ウットリと眺める客人たち。

「お手を触れないようにお願いいたします」店長が緊張しつつ、注意を促していた。

ホームズさんはというと、部屋の一番奥のテーブルに飾られた壺の前で、客人に説明をしていた。翡翠色のつるりとした壺だ。

「こちらは中国の『青磁《せいじ》』でして、祖父がもっとも大切にしている骨董品のひとつです。

中国の青磁は『神品』と呼ばれた焼き物でして、簡素にして崇高な美しさ、溢れる気品など、民族の美意識を具現化していると言われています。この品は世の中に確認されているだけでも、数十点しかなく、元は祖父の師匠・蔵之助が大陸で見付けてきたものでした。

大変価値のある至高の品なので、この機会にぜひ、愛《め》でていただけたらと思います」

にこやかにそう話すホームズさんに、

『そんなものが一般家庭（?）にあるなんて！』と感心すると同時に、仰天してしまう。

ホームズさんは一通りコレクションの説明をした後、

「お父さん、僕はパーティルームの確認をして来ますね」と店長に耳打ちして『展示室』を出て行った。

きっと、このコレクションの公開は、食事の準備ができるまでの時間稼ぎだったのかもしれない。

ホームズさんが展示室から出て行く姿をなんとなく見送っていると、秋人さんが満面の笑みで歩み寄ってきた。

「やあ、葵ちゃん、今日は大人っぽくて素敵だね」

「秋人さん、ありがとうございます」

秋人さんの隣には二人組パントマイムパフォーマーの『マサムネ』の姿。

「すごい、芸能人チームや」

香織が小声で漏らして、嬉しそうに目を輝かせている。

「秋人さん、彼女は私の友達の宮下香織さん。宮下呉服店の娘さんなんですよ」

すかさず香織を紹介すると、

「ああ、なるほど。それで素敵な着物姿なんだね。こんなに見事に和服を着こなせる女子高生さんとお知り合いになれて嬉しいな」

香織の手を取って、イケメンスマイルを浮かべる秋人さん。

「そ、そんな」

香織は真っ赤になって俯いてしまった。

秋人さんは安定のチャラさだけど、香織が嬉しそうだからいいとしよう。

その時、店長が「あ、葵さん」と、私の元に足早にやってきて、

「すみません、少しだけ席を外します。パーティルームから呼び出しの声がかかったら、必ずこの部屋に鍵をかけてから出てもらってもいいでしょうか?」と、アンティークな形状の鍵を私の前に差し出した。

「――あ、はい、分かりました」

私が鍵を受け取るなり、店長は慌てたように『展示室』を出て行く。

一体どうしたんだろう?

青い顔をしていたから、前に言っていたように緊張からお腹が痛くなってしまったのかもしれない。だけどこの部屋に鍵をかけるって、かなり責任重大なような……だって、すごい美術品の数々だよね?

鍵を手に焦りを感じていると、『マサムネ』の一人、正孝さんが「うわあ」と声を上げ

ながら、天井を見上げた。

「――今気付いたけど、すごいシャンデリアだ」

その言葉に、私たちも顔を上げて、シャンデリアを見た。

そのシャンデリアは、まるで宮殿のパーティホールにあるようなデザインで、たくさんのクリスタルが繋がり合い、光を放っている。

「ホンマや。ルネッサンスやね」

「うん、このシャンデリアもきっと高価なものなんじゃないかな」

「すげーなぁ」

天井を見上げたまま、感心の息をついていると、

「パーティルームの準備が整いましたので、ぜひ、みなさまお越しください」

扉の向こうから店長の声が響いた。

「いよいよ、パーティ。楽しみね」

微笑みながら、ぞろぞろと部屋を出る客人たち。

私も客人たちとともに歩いて、扉の前で足を止めた。

香織に秋人さんとマサムネの二人組が展示室を出て、誰もいなくなったところで、しっかりと鍵をかける。

ドアノブを回して、ちゃんと鍵がかかっていることを確認し、「うん」と頷いて、パーティ

ルームに向かった。
この時の私は――まさかこの後に、とんでもない事件が起こるなんて、露ほども思っていなかったんだ。

8

パーティルームに入ると、料理は立食形式で用意されていた。

白衣を纏った給仕さんの姿が見える。長テーブルに白いクロスが掛けられ、和洋中華の料理が並ぶ様は、まるでホテルのバイキングのようだ。

「わあ、美味しそう」

「いっぱい食べようぜ。ホームズ、もう食ってもいいのか？」

目を輝かせる私たちを前に、ホームズさんはニッコリと笑った。

「今から、祖父のそれは長い挨拶がありまして、その後に乾杯の音頭があると思いますので、それが終わりましたら、たくさん召し上がってくださいね」

『それは長い挨拶』って……と思わず顔を見合わせてしまう私たち。

「こんなふうにバイキング形式にされたんですね。お付き合いのある料亭に料理を頼んだと言っていたので、もっと違うかたちなのかと思っていました」

ホールを見回しながら漏らした私に、ホームズさんは「ええ」と頷いた。

「パーティではこのスタイルが一番かと思いまして。ですが、驚きました」

「えっ？」

「ようやく準備が整って、今から展示室にお客様を呼びに行こうとした瞬間に、みなさんがいきなり入って来られたので」

「いえ、でも、店長さんが『準備ができました』って」

「そうでしたか、父が……？」

ホームズさんが怪訝そうな顔を見せたその時、オーナーがホール中央に立ってコホンと咳払いをした。客人たちは話をやめて、オーナーに注目する。

「本日はワシの喜寿の祝いに集まってくれて、本当にありがとうございます」

そんな語り出しで、始まった挨拶。

ホームズさんが言っていたように、オーナーの挨拶は──本当に長めだった。

自分がいかに苦労して、家頭の跡継ぎになれたのか。

どれほど、美術品を愛しているか。

はじめて、志野の茶碗に出会った衝撃なんかも語り尽くし……。

「そんなワシも数えで七十七。ここまでやって来れたのは、支えてくれる家族と仲間たちのお陰やと、心から思うております。本当にありがとうございます。乾杯！」

ようやくの乾杯の音頭に、皆はホッとしつつ声高らかに「乾杯」とグラスを掲げた。

「——いやぁ、相変わらず先生は健在ですな。実は、先生にまたテレビに出てもらいたいと思っているんですよ」

そんなプロデューサーの声が耳に入った。

「清水さん、あんたには世話になったたし、迷惑もかけた思うてるけど、もうワシはテレビ出えへん」

ムスッとしながらそう言うオーナー。

「そんなこと仰らずに。『家宝探訪』をリメイクした番組をという話が出てまして」

「今日は祝いの席や。ワシも怒鳴りたない。仕事の話はやめや」

そんなやりとりを遠目に見て、『なるほどなぁ』と思ってしまった。

やっぱり、テレビ局のプロデューサーは純粋な気持ちで、ここに来たわけじゃないんだ。

ビジネスの世界って、世知辛い。

「なぁ、マサムネの二人。俺にもパントマイムを教えてくれねぇ？」

その一方で、部屋の端から秋人さんのノー天気な声も聞こえてきて、なんだか心が和む。

相変わらず、秋人さんは癒しキャラだ。

「いいですよ。まず簡単なのは、壁ですね」

マサムネの一人・正孝さんは何もないところに手を使って、壁があるように見せた。

「いや、それくらいはできるって」

すぐに秋人さんも同じようにするけれど、ちっとも壁になっていない。

けれど、香織は、「秋人さんも上手いやん」なんて漏らしていた。

多分、香織のイケメンフィルターが作動していて、採点が甘くなっている気がする。

「あとは、軽いモノを重く見せることでしょうか」

今度は宗義さんが内ポケットから風船を取り出して、手早く膨らませた。

それを正孝さんにポンッとパスして、受け取った瞬間、まるでボウリングの玉でも受け取ったかのように、ガクンと肩を落とす。

震える腕に苦しそうな顔が、本当に重い物を持っているようだ。

さすが、世界に通用するプロはすごい。

「あ、秋人さん、受け取ってくださいッ」

その風船を秋人さんに向かって、力一杯パスした瞬間、

「う、うわっ」と秋人さんは、勢いよく尻餅をついた。

彼らの演技があまりにリアルで、本当にボウリングの玉を投げつけられたような反応をした秋人さん。ある意味、流石ともいえるリアクションをしたことに、私たちが笑い声を上げかけた、その時――。

ガシャーンッ、と何かが割れた音が、少し遠くで聞こえた。

「……なぁ、今、部屋の外から何か割れた音がしなかったか？」

「したした、『展示室』の方からや」

展示室から聞こえてきた何かが割れた音……。

それはつまり、あそこにある美術品のひとつが割れたってこと？

瞬時に空気が冷える。

しかし、その音はドア付近にいた私たちにしか聞こえなかったようで、他の客人たちは今も楽しげに語らっている。

「あ、葵ちゃん、たしかまだ鍵持ってたよな？　ちょっと見に行ってみねぇ？」

静かに漏らした秋人さんに、コクリと頷いて、そっとパーティルームを出た。

『展示室』に向かったのは、私と秋人さん、香織、そして『マサムネ』の二人組の五人。

「そ、それじゃあ、開けてみますね」

「あ、ああ」

気のせいだといい。祈るように思いながら、それでも嫌な予感にドキドキしつつ鍵を回して、ゆっくりと扉を開けた。

部屋を見回して、何も異常はないことにホッと息をつきかけたその時、

「あ、葵、あれッ！」

香織が指した先に目を向けて、愕然《がくぜん》とした。

世界に数十点しかないと言われているオーナーの宝。

中国の青磁が、テーブルの上で――無残に粉砕していた。

「――ッ！」

私たちはあまりの衝撃で、言葉を発することができなかった。

窓はしっかり閉まっている。部屋の鍵もかけられていた。この部屋には誰もいなかった。

それなのに、オーナーの宝……ううん、世界的な美術品が、突然割れてしまった。

……信じられない。

「あ、葵ちゃん、ここを出る時に、本当にちゃんと鍵かけたかい？」

青い顔でそんなことを聞いてくる秋人さんに、焦りがつのる。

「か、かけました、本当に、しっかりと」

責任重大だと思ったから、ちゃんと確認した。それは自信がある。

「で、でも、なんで、ひとりでに割れるん？」

ありえないことに目を剥きながらそう漏らす香織。

「しかも、この中で一番高価な中国の青磁だけって」

「だよな、まるで、銃で撃たれたように、これひとつだけ……」

「ああ」と漏らす、『マサムネ』の二人組。

「これって、故意なんじゃないかなぁ」

その時、いつの間にか背後に立っていたプロデューサーの清水さんがそんな声を上げた。

驚いて振り返り、私は清水さんを見やった。

「故意……って、誰かがわざとやったってことですか？」

「そんな、まさかやろ」

私たちがザワめいていると、好江さんが顔を出した。

「――葵ちゃん、どうかしたの？」

「よ、好江さん……あれが」と私が粉砕している青磁を指すと、

「っ！」好江さんは目を見開いて、口に手を当てた。

「――だ、誰が割ってしまったの？　これは大変なことよ！」

真っ青になって周囲を見回す好江さん。

「だ、誰でもないんです。パーティルームにいたら、割れた音がして。扉には鍵をしっかりかけたんです」

「そ、それじゃあ、窓は？　みんな、窓の鍵を確認して！」

体を小刻みに震わせながら、好江さんは少しヒステリックな声を上げた。

「は、はい」

手分けして、改めて窓を確認する。

「どの窓も鍵がしっかりかけられているし、割れてもないです」

「それに、ここは一階ですけど、地上より随分高いから、はしごでもないかぎり忍び込むのは、不可能じゃないでしょうか」とマサムネの二人が声を上げた。

その言葉に好江さんは、「ど、どうしましょう！」と額に手を当てた。

「と、とりあえず、オーナーを呼んできます」

部屋を出ようと背を向けると、好江さんが慌てたように私の手をつかんだ。

「だ、駄目よ、葵ちゃん！　これは本当に大変なことよ！」

すると、清水さんがクスリと笑った。

「それが狙いなんじゃないですかぁ？」

「えっ？」

「先生は人を集める時には必ずこの青磁を自慢します。この会場の中に先生を憎んでいる人がいて、一番大切にしているあの青磁を壊してやろうと計画を立ててきたのかもしれませんよ？　言うなれば密室殺人事件ならぬ、『骨董品密室破壊事件』ですよ、これは」

清水さんは少し茶化すように言って、歪んだ笑みを浮かべた。

骨董品密室破壊事件——見事に割れた青磁を前に、私たちは凍りついたように立ち尽くしていた。

9

――誰かが、オーナーを憎んでいて、一番の宝である中国の青磁を壊した。
そんなこと信じられない。
でも、その信じられないことは実際に起こったんだ。
密室で突然、音を立てて割れた青磁。
一体、誰がどうやって？
その両方を考えようとすると、混乱してしまう。
……まず、誰がやったのか考えてみよう。
オーナーを憎んでいそうな人。
さっき、オーナーに手厳しいことを言われていたプロデューサーの清水さん。
もしかしたら、同じ鑑定士の柳原先生も、実は憎んでいたかもしれない。
華道の花村先生やマサムネの二人は……憎むようなことはなさそうだ。
秋人さんは……チラリと秋人さんを見ると、真っ青になってガクガクと震えていた。
「秋人さん、どうしました？」
「あ、葵ちゃん、どうしよう、割ったのは俺かもしれない」

小声でそう漏らす秋人さんに、

「え、ええ？　どうやってですか？」

「割れた音がした時、俺が尻餅ついた直後だったろ？　もしかしたら、その振動で……」

「………」

怯えたように涙目を見せる彼に絶句してしまう。

私と香織は思わず顔を見合わせた。

癒し系も度を越すと、ちょっとイラッとしてしまうのかもしれない。

「……あんな尻餅で、壺が割れたりしないですよ」

少し呆れながら言うと、秋人さんは「そ、そうかな」と救われたように顔を明るくさせていた。

うん、秋人さんでは絶対ない。

大体、秋人さんはオーナーを慕ってはいても、憎んでなんかいない。

憎んでいると言えば、かつてライバルだったとされるオーナーの従兄弟たちも可能性があるわけだ。

眉根を寄せて唸っていると、目の端に悲痛な表情を浮かべている好江さんの姿が映る。

その瞬間、『誠司さんの骨董品熱ときたら異常だもの。あんまり夢中だから、一度壊したくなったことがあるくらい』と言った彼女の言葉が過った。

もしかして……。オーナー自身を憎んでいなくても、オーナーが何より大切にしている骨董品を憎んでいるとしたら、好江さんが犯人ってこともありえるんだ。

ううん、好江さんをあやしいと思うなら、店長だってそうだ。

いろんな想いを抱えている店長こそ、もしかしたらオーナーの宝を憎んでいたのかもしれない（思えば、ちょっと様子もおかしかったような）。

だけど、ありえないよね、好江さんや店長だなんて。

どんなに面白くなく思っても、世界的に価値のある骨董品を割るとは思えない。

だけど、もし、好江さんや店長が犯人なら、合鍵くらい持っていてもおかしくはないわけで……。ああ、もう！　グルグルと思考がまとまらないし、こんなふうに、身近な人を疑ってしまう自分がイヤ！

――その時、

「どうされましたか？」

ホームズさんの声が、展示室に響いた。

「ホームズさん！」

その姿に、一気に救われた気持ちになる。

そんなホームズさんの後ろには、もう着物に着替えているオーナーの姿があり、皆は、体を硬直させた。

「なんや、葬式みたいな顔しおって」

二人が展示室に足を踏み入れようとした瞬間、好江さんが「わあああ」と泣き声を上げて、オーナーの体にしがみついた。

「誠司さん、ごめんなさい！　あの青磁が割れてしまったの！　私のせいだわ！」

悲痛な声を上げる好江さんに、皆は「ええ？」と目を開いた。

ほ、本当に、好江さんの仕業だったの？

「私は、ずっと、あなたがとても大切にしている青磁が嫌いだったの！　いっそ壊れてしまえばいいと思うくらいに。だから、こんなことになってしまったんだわ、本当にごめんなさい！」と泣きながら言う好江さんに、

「……なんの話や」

オーナーは怪訝そうに顔をしかめながら、部屋の奥に視線を移す。テーブルの上で砕けるように割れた青磁の姿に、大きく目を開いた。

「本当にごめんなさい」

「い、いいえ、好江さんが悪いわけじゃないんです。実はさっきパーティルームで」

「いや、俺が尻餅をついて」

一気に詰め寄って、一連の出来事を伝えた私たちに、オーナーはハッと鼻で笑った。

「――あれは、青磁やない」

キッパリと言い放ったオーナーに、皆は動きを止めた。

「えっ？」

「割れた破片の形状も色も光沢もまるでちゃう。あれは、ニセモノや」

「は、はい？」

「どういうことですか？」

呆然とする私たちに、

「どういうことかは知らん！　清貴に聞け！」

オーナーは胸を張って、ホームズさんを見た。

「……丸投げもここまで来ると気持ちがいいですね」

ホームズさんはやれやれと肩をすくめたあと、テーブルまで歩み寄った。

シンとした静けさの中、ホームズさんの足音が展示室に響く。

その場に緊張が走り、皆はゴクリと息を呑んだ。

「――さきほどのみなさんの説明を元に推理すると、この騒動は、『密室に誰かが忍び込んだ』というわけではなく、『この部屋が開放されていた時に、すでに本物と割れたニセモノがすり替えられていた』ものと思われます」

その言葉に、私たちは眉根を寄せて、顔を見合わせた。

「う、嘘ですよ。私たちがいる中で、そんなこと」

「な、なあ？」

「多分、みなさんの目を青磁から逸らすように仕向けて、すり替えが行われた。そして本物の青磁は、おそらくここかと思われます」

そう言ってホームズさんがスッと白いテーブルクロスをめくると、テーブルの下に青磁が綺麗なまま置かれていた。

「せ、青磁！　壊れていない」

「きっとですが天井のシャンデリア、もしくは反対側の壁の絵画を見るように客人の視線を誘導し、その間にすり替えを行ったのでしょう。

そのまま、すぐに部屋の外に出て、父の声を真似てパーティホールに来るように誘導した。この展示室を出る時には、他の人に割れた青磁を見られないように自らを壁にして歩いたのではないでしょうか？　割れた音は、音声でしょうね。タイミングを見計らい、操作を行ったのでしょう」

ホームズさんの説明に私たちは困惑の表情を浮かべた。

たしかにそれなら可能かもしれないけど、そんなことができる人なんて……。

「これは、人々の視線や行動を巧みに誘導することができる人間の所業です。こんなことができるのは、世界的なパフォーマーである『マサムネ』しか考えられませんね」

ニコリと微笑んだホームズさんに、皆は『えっ？』と目を見開き、そのまま、マサムネの二人に視線を移した。

彼らは無表情で、ホームズさんを見返している。

――そういえば。

あの時、マサムネの正孝さんの方が『すごいシャンデリアだ』と私たちの視線を天井に誘導していた。

その間に、宗義さんがすり替えを行い、そのまま部屋の外に出て、皆をパーティルームに移動するように店長の声を真似たんだ。

そうして宗義さんは素早く正孝さんの隣に戻って、あたかも今までずっと側にいたような顔をしていたわけだ。

私たちが展示室を出て行く時には、割れた青磁が見えないように、二人で壁のようになって歩いた。

……ハッキリとは覚えていないけど、たしか彼らが最後だった気がする。

ホームズさんの推理に対して、反論も弁解もしないマサムネの二人に、清水さんが呆然と目を開いた。

「えっ、マジでお前らなの？　なんでこんなタチの悪いイタズラを？」

身を乗り出した清水さんに、二人は顔を歪ませるように口角を上げた。

「……もしかしたら、彼らは奇術師ドン・影山さんの関係者なのではないでしょうか？」

ホームズさんがそう言うと、清水さんは首を振った。

「いや、彼らと影山さんは事務所も違うし、師弟関係もないはずだけど」

するとマサムネの二人は皮肉めいた笑いを見せた。

「俺たちは……影山さんに救われたんだ」

影山さんに救われた？

「ああ、俺たちは身寄りがなくて施設で育ったんだけど、影山さんはボランティアで定期的にうちの施設にきてくれていて、マジックショーを開いてくれたんだよ」

「そして俺たちにマジックも教えてくれたりして……いつか影山さんみたいになりたいって、ずっと憧れていたんだ。俺たちに夢と希望を与えてくれた恩人なんだよ」

その言葉に、その場にいたみんなが驚きの表情を見せたものの、ホームズさんだけは平静な表情を保っていた。その様子から、彼が何を考えているのかは分からない。

「じゃあ、お前らは恩人の宝をニセモノと鑑定した家頭先生に一矢報いたかったのか？」

さらに身を乗り出して尋ねた清水さんに、ホームズさんは小さく頷いた。

「多分、そんなところでしょうね。放送はされなかったですが、恥をかかせてしまったことには変わりありませんし、影山氏のショックはかなりのものだったと聞きます」

その言葉に、マサムネの二人は苦笑を浮かべた。

「あの収録の時、俺たちは観覧席にいたんだよ。影山さんのショックを受けた顔が忘れられなかったし、何より家頭誠司が本当に『本物』が分かるのかを、確かめたかったんだ」

「ああ、目利きがどれほどのもんだよって、ずっと思ってて。家頭誠司の宝だという青磁が割れたのを見て、取り乱したなら、『これはニセモノだ』って嘲笑ってやろうと思ったんだ。失敗しましたけどな」

悔しげにチッと舌打ちするマサムネの二人。

「申し訳ありませんが、侮るにもほどがありますね。僕たちの目には、あんな物、まるで白の品が黒に替えられて見えるほどに違いが明確でしたよ」

ホームズさんは、呆れたようにそう言って、冷ややかな目を見せた。

「……んだと、こら」

噛み付くように身を乗り出す正孝さん。

一触即発の空気に、皆は凍りついたように固まっていた。

ホームズさんがこんな言い方をするなんて珍しい。

涼しい顔をしながらも、オーナーのお祝いの日に、こんな事件を起こした彼らに対して怒りを抱いているに違いない。

すると、すぐに宗義さんが、「やめろ、正孝」と正孝さんを制するように手で遮断した。

「……家頭清貴さんといいましたね？　あなた方『目利き』がそんなにすごい目を持ってるってなら、ひとつ俺と勝負しませんか？」

そう言って宗義さんは、内ポケットからトランプを取り出して、中央のテーブルの上にドンッと置いた。

「……トランプ、ですか?」

「ええ、ポーカーで、どうでしょう?」挑発的な目を見せる彼に、

「……いいでしょう」とホームズさんはテーブルの椅子に腰を下ろした。

「清貴さん、あなたが負けたら床に手をついて頭を下げて、俺たちの恩人に恥をかかせたことを謝ってもらいたい」

オーナーは、ニセモノをニセモノと鑑定しただけの話で、どうして謝らなくてはならないのか。

あまりに理不尽な申し出に絶句してしまう。

それでも、「分かりました」と口角を上げて頷いたホームズさんに、皆がざわめいた。

「ふん、余裕ぶりやがって。宗義のカードの腕は世界クラスだ」

正孝さんはそう言って、宗義さんの肩に手を載せた。

宗義さんはコクリと頷いて、まずはトランプの絵柄が見えるように扇の形に広げ、すぐにまとめてシャッフルをする。

さすが世界的なパフォーマー。素晴らしい手際だ。

やがて、配られた五枚のカード。

カードを確認して、強い眼差しを見せる宗義さんに、再び、緊張感が走る。

ホームズさんはそのカードに手を触れもせずに、肩をすくめた。

「ああ、駄目ですね。僕の負けです」

カードを伏せた状態で、お手上げのポーズを取ったホームズさんに、皆はギョッとした。

「ホームズ、カードを見てから言えよ。それにポーカーって、カードは変えられるんだぜ」

「そうですよ、ホームズさん。こんな人に土下座することはないです」

詰め寄った私と秋人さんに、弱ったように苦笑するホームズさん。

「宗義さんの手札はエース二枚、キングが三枚のフルハウス。残念なことにこちらはブタです。がんばってもワンペア、もしくはツーペアになるかという感じですからね、勝つのは無理でしょう」

残念そうに、それでもニッコリ笑って言うホームズさんに、宗義さんは目を見開いた。

「ど、どうして、それを」

「最初に扇の形に見せられたカード。あれは元々、並び方が決まったカードですね。素晴らしい鍛錬によって一見カットしているように見せて、また同じ配置になっていることが分かりました。一番上にスペードのエースを乗せておきながら、二枚目から配っていましたね。万が一のためのスペアなのか、最初に正孝さんが肩に手を置いた時に、襟から袖口にカードを滑らせていました。それは見事すぎてショーを見せてもらったようでしたよ。

これではとても勝てません。ですが……こんなのはフェアな勝負じゃありませんね」

笑みを浮かべたまま言うホームズさんに、その場にいた皆が言葉を失った。

シンと静まり返った展示室。

ホームズさんが音も立てずに、スッと立ち上がると、

「お、お前は何者だよ？」と正孝さんが声を裏返しながら尋ねた。

「僕はただの見習い鑑定士ですよ。ですが、これだけは覚えておいていただけますか？」

「な、なんだよ？」

マサムネの二人と同じように、皆が息を呑むことが分かった。

ホームズさんはニコリと微笑んだかと思うと、瞬時に鋭い眼差しを見せた。

「――目利きを舐めたらあかんで」

「ッ！」その迫力に気圧されて、マサムネの二人は凍りついたように立ち尽くした。

再び、その場が静まり返る。

「……もう、ええ、清貴」

そんな中、オーナーがポンッとホームズさんの肩に手を乗せ、そのままマサムネの二人に視線を移した。

「公の場で影山さんに恥をかかせてしまって、申し訳なかった」

深々と頭を下げたオーナーに、マサムネの二人は驚いたように目を見開いた。

「……ワシの言葉で、影山さんをえらく傷つけたことを心から詫びたいと思う。影山さんの持参した品は、かなり精巧な贋作やったんや。観る人によっては、それなりの価値を感じてしまう代物だったかもしれへん。だがな、やはりニセモノはニセモノや。どうやってもそれを本物とは言えへんのや。ワシら鑑定士がそうしたことを言った時に、それは本物と認識されて、すべてが曲がって伝わってしまう。

鑑定士の間違いは歴史すらも歪めるんや。大きな大きな責任を背負うとる。だから、どんなに金を積まれても、どんなに頼まれても、申し訳なく思うても、どんな場面においてもニセモノを本物とは言えへんのや。それが、目利きの哲学やとワシは思う」

強い口調で言ったオーナーに、私の胸まで熱くなった。

それはきっと、みんな同じだったと思う。

――目利きの哲学。

「……すみません、でした」

少しの間のあと、マサムネの二人は静かにそう言って、頭を下げた。

「実は俺たち、心のどこかで、あなたが影山さんのことを気に入らなくて、テキトーなことを言ったんじゃないかと思ったりしていたんです」

「それに、たとえニセモノだったとしても空気を読んで本物だと伝えてくれたら良かったのに、なんて都合の良いことを考えていたりもして……本当に浅はかでした。……彼の言う通りですね。目利きを舐めてました」

沈痛の表情で目を伏せる二人に、ホームズさんは柔らかな笑みを浮かべた。

「分かってくれたのでしたら、良かったです」

「せやで、もうこの話はしまいや。まだ料理も酒もたくさんや。乾杯し直しや！」と声を上げるオーナーに、皆はクスクスと笑った。

その時、店長が顔を出し、

「パーティホールに新たなお客様も来てくださいまして、主役を探していましたよ。ここでどうかされましたか？」不思議そうに私たちを見たあと、

「ああ、青磁が割れてる！」と真っ青になって声を上げた。

「あれは、ニセモンで『マサムネ』の余興や」

「よ、余興、ですか？」

「せや、余興や。そうか、また客が来てくれたか。ありがたいことやな。パーティの仕切り直しや。みんな、会場に移動するで」

元気に歩き出したオーナーに、皆は笑顔でその後を歩いた。

「やっぱり、私、ホームズさん怖い、あかんわ」

私の隣で自分の体を抱き締める香織に、

「ああ、俺もちょっと背筋が寒くなった」

なんて頷く秋人さん。

「……」私は何も言わずに、目を伏せた。

二人がそう言うのも分かるくらい、あの時のホームズさんは迫力があって怖かったかもしれない。

――でも、私は……。

「葵さん、この部屋の鍵を持ってますか？」

歩み寄ってきたホームズさんに、香織と秋人さんは体をビクつかせた。

「あ、はい。すみません、持ったままで」

慌てて鍵を差し出した私に、ホームズさんは小さく首を振った。

「いえいえ、預かってくださって、ありがとうございます」

改めて客人たちが部屋から出たことを確認したあと、ガチャリと展示室の扉を施錠した。

「……さきほどは、お見苦しいところをすみません。ついムキになってしまいました」

ホームズさんは、パーティルームに向かって歩きながら静かに漏らした。

「いえ、そんな」顔を上げると、切ないような表情を浮かべているホームズさんが目に入り、ドキリとした。

「葵さんも、やっぱり僕を怖いと思いましたか？」少し不安そうな顔でそう尋ねる。

「えっ？」

「以前も人前で、似たようなことをやってしまったことがありまして、たくさんの人の顔を恐怖に歪ませてしまったんです」

自嘲気味な笑みを浮かべるホームズさんの姿に、胸が締め付けられるような気がした。

きっと、ホームズさんは人よりも鋭いことで、たくさん傷ついてきたんだろう。

「……いいえ、怖くなんてないです。あの時、ホームズさんは、オーナーのことを本当に誇りに思っているんだってことが伝わってきました。自分の大切な人を護ろうとするホームズさんの姿、とても素敵でした。カッコ良かったですよ」

そう告げた私に、ホームズさんは大きく目を見開いた。

「おおきに、葵さん」

次の瞬間、まるで子どものような屈託のない笑みを見せる。

「…………」なんだか直視できなくて、目を伏せた。

なんだろう。やっぱり今日のホームズさんは、なんだか反則だ。

「清貴ーっ！　はよ来んか！」

沈黙を破るかのように、オーナーの怒声が響き渡った。

『やれやれ』と、肩をすくめるホームズさん。

「まったく、本当にあの人には敵わない」

「でも、オーナーって本当に素敵な方ですね。さっきのお話には感動しちゃいました」

「ええ、祖父は尊敬する師匠です。あの人のすべてを受け継ぐことができて、そしていつか超えることができたら……」ホームズさんは独り言のようにそう漏らしたあと、

「それでは、行きましょうか」と微笑んで歩き出す。

私は「はい」と強く頷いて、その後に続いた。


ホールの中央には、皆に囲まれたオーナーの姿があった。

国選鑑定人・家頭誠司は、やっぱりすごい人だ。

ホームズさんも受け継いでいくのだろう。

目利きの哲学と、そのすべてを――。

第二章 『ラス・メニーナスのような』

1

京の町は秋を迎えていた。

過ごしやすい気温。高く澄みきった青空に、徐々に色付き始めている楓や紅葉。

豊穣の季節、たわわに実った京野菜を使った料理や栗などをふんだんに取り入れた和スイーツも人気で、秋の京都はもしかしたら、一年でもっとも魅力的な季節と言えるかもしれない。

まさに観光シーズン。

寺町通や三条通の商店街も、賑わいを増していた。

私は店内でのんびり掃除をしながら、窓の外に目を向ける。

最近は歩いている人の雰囲気だけで、観光客なのかそうではないのか見極められるようになってきた。今の季節はやっぱり、観光客が多い。そんな観光客たちは、この店に目を留めることもなく通り過ぎていく。

そう、相変わらずこの店は、外の喧騒が嘘のように静かだ。

心地よく流れるジャズにリズムを合わせるように、柱時計が針を進めている。

ホームズさんはカウンターに座って、いつものようにペンを片手に帳簿を開いていた。

……また、帳簿のチェックをしている。

思えば、いつもいつも、何をそんなにチェックすることがあるんだろう？

埃取りを手にしたままコッソリ横目で覗く。すると、なんとホームズさんは帳簿をチェックしている振りをしながら、大学の勉強をしていた。

「ホームズさん、勉強しているんですか？」

驚いて声を上げると、ホームズさんは弱ったように私を見た。

「気付かれてしまいましたか。すみません、提出課題でして」

「は、はぁ」別に謝らなくていいですよ、と心で付け足した。

「この機会にカミングアウトしますと、帳簿をつけている振りをしながら、実は時々、勉強していたりすることもあるんです」

「そうだったんですね！」

どうりで帳簿ばかり開いていると思った。

「もし良かったら、葵さんもご自分の宿題をしてもらっても結構ですので」

どうにもバツが悪いのだろう、弱ったようにするホームズさんに思わず笑ってしまった。

申し訳なく思う必要なんてないと思うのに。

店主《オーナー》の孫が店番をする傍ら、大学の勉強をするのは別に変なことではないし。

「いえいえ、私はバイトですし。お仕事もせずにバイト代なんてもらえませんもの。試験前に、どうしてもバイトに入らなきゃいけない場合は、ちょっと勉強させてもらうかもしれませんが」

基本的に試験前にはバイトを休ませてもらっているけど、どうしても店番をしてもらいたいと頼まれることもたまにあった。そんな時に、店で勉強することを許してもらえればそれでいい。

「それでしたら、その時に勉強を見ますよ」

「本当ですか？　それは嬉しいです」

ホームズさんに勉強を教えてもらえるなんて、そんな嬉しいことはない。

感激に身を乗り出したその時、『カラン』とドアベルが鳴った。

「い、いらっしゃいませ」

驚いて振り返ると、そこにはひょろりとした細身の男性の姿。中性的な雰囲気で、長めの髪を後ろにひとつに束ねている。齢は二十代後半といったところだろうか。

「こんにちは、清貴くん」

彼はそう言ってヘラヘラ、と力ない笑顔を見せた。

「これは米山さん」

「お久しぶり。突然、お仕事中にごめんね」と肩をすくめる。

「いえいえ、この通り雑務をしていただけですから。どうぞお掛けください。葵さんも休憩にしましょう。コーヒーを淹れますので」と立ち上がったホームズさん。

雑務というか、していたのは自分の勉強だ。

「こんにちは、はじめまして。もしかして清貴くんの彼女さんなのかな？」

私がカウンター前のソファーに腰を下ろすと、彼がふにゃりとした笑顔で尋ねてきた。

「い、いえ、ただのバイトなんです」慌てて首を振る。

「ああ、そうなんだ。なんだか良い雰囲気に見えたから」

良い雰囲気？　その言葉にドキンとしてしまう。

「俺は米山涼介。今は画廊で働いているんだ」と高校生の私相手に名刺を差し出す。

「真城葵です」

両手で名刺を受け取りながら、そのアーティスティックな名刺に目を奪われた。

「素敵なデザインの名刺ですね」

「ありがとう」彼は嬉しそうに頬を赤らめ、身を屈めながら頭をかいた。

きっと、彼がデザインしたものなのだろう。まるで名刺を誉められたくて、出したようにも感じた。

なんだか、可愛らしい人だなぁ。

名刺を眺めていると、ホームズさんがトレイを手に給湯室から出てきて、

「――どうぞ」と、私たちの前にカップを置いてくれる。

立ち込めるコーヒーの豊かな香りに、心がホッとした。

「ありがとう」彼はコーヒーを口に運んで、美味しそうに目を細めた。

「いや、清貴くんの淹れたコーヒーは本当に美味いなぁ。そうだ、これ、お土産のお菓子。コーヒーにも合うからみんなで食べようよ」

いそいそと紙袋の中から箱を取り出して、カウンターの上に置いた。

その箱には『阿闍梨餅《あじゃりもち》』と書かれている。その文字を見て、私は目を凝らした。

「……なんて読むんですか?」

「これは、『あじゃりもち』と読むんですよ。『満月』という名店のお菓子でして、市内ではかなり有名なお菓子なんです。ありがたくいただきましょうか」と小分け袋を差し出してくれた。

「ありがとうございます」

袋を開けると、丸い焼き餅が入っていた。

パクリと口に運ぶ。皮がモチモチで、中の餡がとてもアッサリしていて、

「こ、これ、すごく美味しいです」

思った以上の美味しさに、目尻が下がる。

そんな私に、少し嬉しそうに頷くホームズさんと米山さん。

「ええ、美味しいですよね。関西ではとても人気がある菓子なんですが、賞味期限が五日間しかないので、全国的にはあまり知られていなかったりもするんですよ」

「ああ、なるほど」

たった五日間しか味わえなかったら、お土産に持って帰ろうという人も限られてくるわけだ。こんなに美味しいのに一部の人しか知らないなんて、もったいない！

パクリともう一口、阿闍梨餅を口に運んでまた目尻を下げていると、

「家頭先生が最近、美術館で贋作を発見したみたいだね。かなり精巧なできだったとか」

米山さんはポツリと、まるで独り言のように漏らした。

「ええ、それで今度祖父と美術館回りをすることになりました。正直、この数年の間にあなた以上の贋作師が出てくるとは思わなかったと話していたんです」

その言葉にギョッとしてしまう。

――贋作師？

私は耳を疑って米山さんを見やると、彼は弱ったように苦笑した。

「あ、驚かせちゃったね。実は俺ね、元贋作師なんだ。家頭誠司先生に暴かれたことで、もう足を洗ったんだけどね」

「そ、そうなんですか」返答に困ってそれだけ言って、曖昧な笑みを返した。

「意外でしたか?」ホームズさんに問われて、私は素直に頷いた。

「はい、贋作師って、もっと猛々しいイメージだったので」

こんなふにゃふにゃした雰囲気の人が、贋作師だったなんて信じられない。

「いやぁ、意外とこんなものかもよ。元々俺は美大生でね。腕に自信はあったんだけど、コンクールでは落選続き。ある時、高名な画家の作品を眺めながら、『俺だって、このくらいのものは描けるのに!』って模倣をしたんだ。そこが本当に傑作でね」

「贋作に傑作なんてありませんよ」

冷ややかな面持ちで告げたホームズさんに、米山さんは身をすぼめた。

「ごめんごめん。そんな俺の描いた模倣作に、良くない友達が目をつけてくれてね。『お前は天才だ』なんておだてられてね。俺も誉められ慣れてないから嬉しくて仕方がなくて、贋作づくりにハマッちゃって」

なんて安易な……と呆れて言葉が出ない。

ホームズさんは、そんな彼を横目で見ながら、ふぅ、と息をついた。

「彼はこう見えて、なかなかあざとい男でしてね」

「あざとい?」

「ええ、贋作づくりの手口がです。十七世紀の無名の作家の絵を買って、その絵の具をすべてそぎ落とすわけです。その絵の具を再び溶かし、その画板に新たな絵を描く。そうするとその時代にしかない色を出せますし、画板から釘のサビに至るまで十七世紀のものなわけです」

「は、はぁ」それはたしかにすごい。

「また、彼は、憑依タイプというか、一種のトランス状態になって作家のコピーをしていくので、あまり『人を騙そう』という、いやらしさが贋作から出なかったんですよね」

サラリと言うホームズさんに、米山さんは自嘲的な笑みを浮かべた。

「だけどね、そうしていくうちにね、自分を観てもらいたくなってくるんだ」

「……自分を観てもらいたくなる？」

「うん、『これは高名な画家が描いたものじゃなく、俺が描いたものなんだ！』って、自己主張したくなってくるんだよね。そこをすかさず見破られたんだ。

家頭先生はわざわざ俺に会いにきてくれてね。『贋作師にこないなことは言いたないが、たいした腕やで。日陰にいるのはもったいないわ、罪を償って改心せい。そうしたら力になったるわ』って言ってくれて……。俺はそこではじめて、自分を観てもらえた気持ちになって、嬉しくて泣き崩れちゃったよ」

その時のことを思い出しているのだろう。米山さんは頬杖をついた状態で、目を潤ませていた。

「――そういえば、今日は僕になにか?」

優しく問うたホームズさんに、彼は我に返ったように顔を上げた。

「あ、うん……実は清貴くんにお願いがあって」

モジッと身をすくめる米山さん。

「お願いとは?」

「なんて言ったらいいのかな。鑑定をね、お願いしたいんだ」

「ええ、もちろん、識《み》ますよ」

すぐに手袋を取り出そうと内ポケットに手を入れたホームズさんに、彼は慌てて手をかざした。

「ううん、それは、今ここにはないんだ」

「大きなものなんでしょうか?」

「うん、まぁ、それなりにね。実は先日、家頭先生に識てもらったら、『清貴に識てもらい』って言われて……」

「――祖父が?」

さすがのホームズさんも、これには不可解そうに眉根を寄せた。

たしかに不思議だ。オーナーが先に識たにもかかわらず、ホームズさんを指名するなんてどういうことなんだろう?

「それは一体、どんな品なんでしょうか」

「実は——俺の描いた絵を鑑定してもらいたいんだ」

その言葉に、私たちは「えっ？」と動きを止めた。

「米山さんの描いた絵を？」

つまり米山さんは、自分の描いた絵にどれほどの価値があるのか、ホームズさんに鑑定してもらいたいということなんだろうか？

ホームズさんはすごい鑑定眼を持っているかもしれないけど、画家が描いた絵を評価するって、なんだか管轄外の話のようにも思える。

「ちょっと、人生がかかっている話で」

そう言って、また肩をすくめる米山さんに、

「詳しく聞かせていただけますか？」ホームズさんは強い眼差しを見せた。

人生がかかった話とは、どういうことなんだろう。

少しの緊張を覚えながら、米山さんが話し出すのを静かに待った。

「先日、美術関係のパーティに、参加した時のことなんだけどね」

米山さんはゆっくりと口を開いた。

2

——彼の話はこうだった。

米山さんはオーナーに暴かれたことにより、改心して自首をし、しっかりと罪を償ったことで完全にその世界からは足を洗った。

その後は、オーナーの協力もあって、まっとうに働いているらしい。

オーナーはそんな米山さんの力になりながらも、あえて周囲の人間に対して彼が元贋作師だったことを隠さず伝えていたそうだ。

変に隠さずにいる方が、堂々と生きられると言っていたとか（オーナーらしい）。

そんな折、招かれたパーティの席で、米山さんはもっとも会いたくはない人物と再会してしまった。それは、岡崎地区に住む富豪の老人・高宮氏。

「……俺が二十代前半の頃なんだけどね。その人に自分の描いた贋作を売ったんだ」

米山さんは決まり悪そうに、また身を縮めた。

米山さんの良からぬ友人は『岡崎に住む、高宮という富豪が、とにかく絵画に目がない』

という噂を聞きつけて、米山さんに『とある絵』を制作するよう持ちかけてきた。

米山さんはそれまで贋作を制作するだけで、販売には関わっていなかったそうだ。

しかしその時だけは、どうしても、客がどんな反応をするのかを自分の目で見てみたいと思ってしまった。そのくらい、自信があった会心のできの贋作。

自ら贋作を売ったのは、それが最初で最後。

その唯一の客であり、被害者に再会してしまったというわけだ。


そこまで話を聞き、ホームズさんはそっと腕を組んだ。

「……誰の絵を模倣したんですか？」

「フェルメールだよ」

「『贋作師に愛されし画家ですね』ふっ、と笑う。

「『贋作師に愛されし画家』って、どういうことですか？」と小首を傾げると、

「フェルメールは『光の魔術師』と呼ばれる十七世紀のオランダ人画家でして、その巧みな光線と質感の描き方で、今も世界の人々を魅了し続けています。もっとも有名な作品といえる振り向きながら微笑む少女を描いた『真珠の耳飾りの少女』は、『オランダのモナリザ』と讃えられるほど。

そんなフェルメールの作品を、『メーヘレン』という二十世紀の天才贋作師が、ほぼ完璧に模倣していたことが、とても大きな事件となっているんです。フェルメールという名前とともに、その贋作師メーヘレンの名前も浮かぶほどですね」

いつものようにサラサラと答えてくれる。やっぱり、ホームズさんは健在だ。

「さすが清貴くんだね」ふにゃりと笑う米山さん。

「この業界にいたなら誰しも分かることです。ところで、高宮氏のことは僕も存じていますが、老いたとはいえ美術界に通じた方。フェルメールの贋作を持っていって、騙されて購入するなんて少し信じられません。模倣した作品は、もしかして『合奏』ですか？」

「――ううん、『ギターを弾く女』だよ」

静かにそう告げた彼に、ホームズさんの目が鋭く光った。

「……なるほど、あざといですね」

互いに目だけで会話するような二人に、私だけがわけが分からずにポカンとしてしまう。

そんな私の戸惑いを察したホームズさんが、こちらを向いて柔らかな笑みを見せた。

「失礼しました。フェルメールの『ギターを弾く女』とは、こちらの作品なんですが……」

棚から美術本を取り出して、パラパラと開いた。

「これがそうです」

そのページには、素朴なドレスを着た若い娘さんが、ウクレレより少し大きいくらいのギターを手に、誰かに微笑みかけている、全体的に柔らかな雰囲気の絵。

「この『ギターを弾く女』は、フェルメールが晩年制作したものでして、画力の低下から、他の作品に比べて評価は低いんです」

「ああ、だから、贋作しやすいわけですか？」

納得して頷くと、米山さんがふにゃりと笑いながら首を振った。

「ううん、そうじゃないよ」

「えっ？」

「この絵は、イギリスの『ケンウッド・ハウス』という美術館に保管されていたんですが、一九七四年に一度盗難に遭っているんです」と苦い表情を浮かべたホームズさんに、驚いて身を乗り出した。

「ええ？　この絵、盗まれちゃってるんですか？」

「はい。ですが、絵自体は二か月後に発見されて、今もケンウッド・ハウスにあるのです」

「あ、戻ってきたんですね、良かった」

「ええ。ですが、こう思われる方がいてもおかしくないでしょう？　『戻されたのは体裁を保つためにとりあえず用意されたニセモノで、本物はどこかにあるのではないか』と」

しっかりと視線を合わせる。

ホームズさんの鋭いような眼差しに、ゴクリと息を呑んでしまった。

一度盗難に遭って、美術館に戻ってきた作品。

つまり彼らは、『美術館に戻ってきたのは、体裁を繕《つくろ》うためのニセモノで、これこそが本物なんです』と売り込みに行ったというわけだ。

「あの、さっきホームズさんが言っていた『合奏』って作品は？」

「それも盗難に遭った作品です。残念ながら、今も行方不明のままなんですよね」

ホームズさんは心底残念そうに目を伏せた。

……なるほど。それにしても、本当に美術品強盗っているんだ。映画やマンガみたいだ。

「贋作に『合奏』はリスクが高すぎだよね」

「確かにそうですね。やはりあなたは、あざとい」

「やだな、過去の話だよ。それに提案したのは友人だし」

「ええ、もちろん、分かっていますよ」

顔を見合わせて互いに笑みを浮かべる。

「えっと、どうして、『合奏』の方が、リスクが高いんですか？」

なんだか、私一人が理解できていないことに申し訳ない気持ちになりながらも、そっと尋ねた。

「盗難に遭い行方不明だった『合奏』が出てきたとなると、世界を揺るがすニュースになりかねないですからね。人に公表しないことを約束して売ったとしても、その後に本物が出てくる可能性もあるわけです。それなら、すでに盗難から戻ってきている作品の方がリスクは少ないですし、購入者も『うちにあるのが本物』と声を大にすることなく、ヒッソリと大切にしてくれるでしょうから、公になりにくいというわけです」

「――な、なるほど」

確かにそうだ。ずっと行方不明だった世紀の名作が出てきたら、とんでもないニュースになりかねないわけで。だけど、すでに戻ってきている『ギターを弾く女』なら、公にはならない、なりにくいわけだ。

「あざといでしょう？」

同意を求めるような視線を向けるホームズさんに、強く頷こうとして、躊躇《ちゅうちょ》した。

彼を前に『はい、そうですね、あざといです！』とは言い難い。

「相変わらず、贋作のこととなると切れ味抜群だね、清貴くん」

米山さんは愉しそうに目を細めた。

「それで、あなた方は高宮氏に贋作をいくらで売りつけたんですか？」

気を取り直したように姿勢を正すホームズさんに、米山さんは指を一本立てた。

え、もしかして、百万だったたり？　そんなに高額な価格で売りつけたの？

「一億」サラリと答えた彼に、

「い、いちおく」見事に裏返った私の声が店内に響いた。

「……フェルメールの初期作品が十億で落札されたことを踏まえて、公には本物と謳えない後期の作品となると、一億はまぁ、無難な金額ですね」

「ぶ、ぶなん？　無難なんですか？」

「もし、それが『本物』ならばの話です。贋作には一円の価値もないです」

ホームズさんは念を押すようにピシャリと言い放った。

「やっぱり、鋭い切れ味」と小さく笑って肩をすくめる米山さん。

「しかし、よくあの高宮氏が一億も出しましたね。かなりの資産家ですが、慎重で抜け目ない方ですのに。それほど、お友達のセールストークが素晴らしかったんでしょうか？」

解せない様子で、ホームズさんは顎の下に手を当てて、米山さんを見据えた。

「トークなんてしてないよ。ただ、絵を観てもらって値段を言っただけ」

「……なるほど」

「で、高宮氏はしばらく観入ったあとに、買うと言ってくれてね、金は後日小切手で届いたんだけど、百万だけだったんだよ。残りは支払う気なさそうだったし、僕たちも深入りできないから、結局あの絵は百万で売ったかたちなんだ」

肩を上下させた米山さんに、ホームズさんは、なるほど、と笑った。

「それなら納得です。高宮氏は見抜かれたのかもしれないですね。そのうえで、あなたに百万を支払ったのでしょう。自分を欺いたことへの褒美と、あなたの技術を見込んで」

うん、と頷くホームズさんに、彼は重い息をついた。

「その通りなんだ。それでパーティで高宮氏に再会した時に、俺は何も言えなくて、ただガタガタ震えながら頭を下げたら、『いつぞやは、ギターを弾く女をありがとうございます』って人畜無害そうな優しい笑顔で言ってきたんだよ。もう、全身に冷水を浴びた気持ちになって」その時のことを思い出すと本当に肝が冷えるのだろう、米山さんは青い顔で額に手を当てた。

「分かります。祖父をはじめ、この業界は、化け物ばかりですからね。恐ろしいですよ」

頷きながら言うホームズさんに、つい顔が引きつる。

……ホームズさんも、十分化け物なんですが。

「そしてね、高宮氏は、続けて俺にこう言ったんだ」

米山さんは息をついて、再びその時のことを話し始めた。


高宮氏は、米山さんから『ギターを弾く女』を受け取って、すぐに渡英し、ケンウッド・ハウスの『ギターを弾く女』を観に行ったそうだ。

その時に、米山さんから受け取った絵が、贋作に違いないと思ったという。

その決め手は、『それは本当に、まるで一緒だったから』。

美術館に展示されたものと寸分違わない。彼はこの作品を食い入るように頭に刻み付けて、まるでフェルメールが憑依したように模倣したのだろうと、高宮氏は感じ取ったそうだ。支払った百万はホームズさんの言う通り、この自分の目を欺いたことへの褒美と、ここまでのコピーを描き上げた米山さんの技術への敬意だったそうだ。

（ホームズさんの口ぶりといい、その自信のありそうな言葉といい、高宮さんもかなりの目利きのようだ）

そこまで話して米山さんは、その時の安堵感を思い出したのか、深く息を吐き出した。

「ホッとしたんだけど、高宮氏はね、『だが、君がわたしに罪を犯したことには変わりない。こうして再会した以上、償ってほしい』と言い出して」

「お金を返せと？」

思わず尋ねた私に、米山さんは小さく首を振った。

「それだったら、まだ簡単だったんだけど、こう言ってきたんだよ」

高宮氏の要望、それは……。

『ひとつ、わたしの願いを叶えてほしい。それで君の罪を許そう』

彼の口から告げられた、高宮氏の要望に、私とホームズさんは思わず顔を見合わせた。

——願いを叶えてほしい。

それは一体何だろう？

そんな疑問が頭を掠めると同時に、ホームズさんが納得したように頷いた。

「あなたに絵を描いてほしい、ということですね」

「そうなんだ。それが条件付きで」

「条件？　まさか贋作の依頼ではないですよね？」

「違うよ。ただ、『ディエゴ・ベラスケス』のような絵を描いてほしいって」

「――ディエゴ・ベラスケスですか」

へぇ、と漏らしながら、ホームズさんはカウンターの上で両手を組んだ。

馴染みのない画家の名前にポカンとしていると、ホームズさんはカウンターの上に置いたままの美術本のページをめくった。

「ディエゴ・ベラスケスとは、スペインの宮廷画家で、スペイン絵画の黄金時代といわれる十七世紀を代表する巨匠なんです。有名な作品としては、『ブレダの開城』『ラス・メニーナス』などがありますね」

めくられたページには、『ブレダの開城』の絵。

戦が終わった雰囲気の中、馬に槍に兵たちが集い、互いを労っている。

巨匠と呼ばれるのが頷ける、素晴らしい絵画だ。

「この『ブレダの開城』は、戦勝画なんです」

――戦勝画。

つまり、スペインが戦に勝利したことを描いた絵ということだ。

「こうした戦勝画は、敗軍の将が地面に膝をつき、勝者はそれを馬上から見下ろすという構図が普通だったんですが、この『ブレダの開城』では勝者の将が敗者と同じ地面に立ち、労うように肩に手を置いているんです」

その言葉に私は改めて、絵を見た。

まるで同じ軍の兵士が労っているかのように見えたのに、これは勝者の将が、敗者の将の肩に手を載せているんだ。この二人の雰囲気は、まるで戦友を思わせる。

「これは、勝利の中に、スペインの騎士道精神をも表現した秀作なんです。技術だけではなく、胸に訴えかけるような作品を描けるという点も、ディエゴ・ベラスケスの素晴らしいところですね」

ホームズさんはそう言ってニコリと微笑んだ。

……胸に訴えかける作品。

改めて説明を聞いた今、『ブレダの開城』を観る。

勝者も敗者もなく労うその姿は、尊さを感じさせた。

やっぱりこうした芸術に触れる時は、知識があった方が何倍も良いと改めて思った。

ただ、観るだけでは、この絵に込められた想いや、ドラマも分からないから。

シミジミとそう思っていると、

「――それで、あなたはその絵を完成させたんですよね？」

ホームズさんの声に、私は我に返って顔を上げた。

「うん、完成したんだ。絵の引き渡しには、事情を知る第三者の立ち会いがあった方が良いからって、先生が同行してくれると言ってくれて」

確かに、事情を知る第三者がいた方が良いのは分かる気がする。

立ち会うと言ったオーナーは、本当に米山さんのことを気にかけているんだろう。

「だけど、先生は僕の描いた絵を観るなり、『ワシの同行はやめや。清貴に立ち会ってもらい』って言って」

米山さんは苦い表情でそう告げた。

「……そうした経緯で僕に」

「先生がそう言うということは、清貴くんにしか分からない何かがあると思うんだ。どうか清貴くん、同行してもらえませんか？」

そう言って深く頭を下げた米山さんに、ホームズさんは小さく息をついた。

「――分かりました。祖父が僕を指名したのですから、同行しないわけにはいきませんし、正直なところ、あなたがどんな絵を描かれたのか、観てみたいですしね」

「ああ、良かった」

米山さんは脱力したように胸に手を当てたあと、

「そうだ、良かったら、葵ちゃんも一緒に」と、私を見たことに少し驚いた。

「え、私もいいんですか?」

「うん、高宮氏は事故で奥さんや息子さん、可愛がっていたお孫さんを一度に亡くしている方で、生き残った親族はたった一人しかいないという話なんだ。それで、そのお孫さんが生きていたら、君くらいの年齢だと思うから、場が和むかもしれない」

そこまで言った米山さんに、ホームズさんもそっと頷いた。

「それはたしかにそうかもしれませんね。葵さん、もし良かったら一緒に行きませんか?」

「は、はい！　私も同行させてもらえるなら嬉しいです」

高宮さんの依頼の謎も気になるし、米山さんがどんな絵を描いたのかも観てみたい。

何より、その絵を確認したオーナーが『この絵は駄目だ』というわけではなく、ホームズさんにと指名した謎も気になる。

不謹慎かもしれないけど、ドキドキするのを感じながら、私は強く頷いた。

3

その週の土曜日。

私とホームズさんは車で高宮氏の家がある岡崎地区へと向かっていた。

巨大な朱色の鳥居がそびえる平安神宮、岡崎公園に動物園と、この辺はとても広々としている印象だ。

助手席で窓の外を眺めていると、

「今日のような青空に、平安神宮の朱色が映えますね」

ホームズさんが運転をしつつ、少し眩しそうに言った。

「本当ですね。この辺は散歩するのに良さそうですよね」

「ええ、平安神宮はもちろん、美術館には回遊庭園がありますし、図書館で読書を楽しめますしね。少し歩けば南禅寺もありますし、岡崎地区だけで一日過ごせますよ」

「そうなんですね。京都は本当に、観るところがいっぱいですね」

「ええ、今度ゆっくりきてみましょうか」

なめらかな口調でそんなことを言うホームズさんに、ドキンとしてしまう。

「そ、そうですね。ホームズさんに案内していただけるんでしたら嬉しいです」

美術館や図書館、動物園があるようなところにホームズさんと来るって、なんだか本当にデートみたいじゃない？　だけど今までも百萬遍の手づくり市に行ったり、鞍馬に行ったりしているわけで、ホームズさんにとってさして特別なことでもないのかな。

自分一人が動揺していることが悔しく、無駄かもしれないと思いつつも悟られないように窓の外に目を向けていると、車はやがて住宅街に入った。

京都らしからぬ、大きな家々が余裕の間隔で建ち並んでいて、まさに高級住宅地という雰囲気が漂っている。

小路に入ると、急に高い塀が見えてきて、

「ここが高宮邸ですよ」とホームズさんが塀を見ながらそう言った。

「えっ？」

その言葉に驚いて、目を見張った。

侵入者を許さない気概を感じさせる高い塀は、一区間を囲っていた。

鉄柵の大きな門の向こうには、芝生が敷き詰められた庭が広がっている。

庭の中心に洋館が見えた。落ち着いた色合いの煉瓦造りの外壁。

今まで、あちこちで煌びやかな洋館をそれなりに観てきたけれど、高宮邸はこれまで触れてきたような、近代的で新しい雰囲気とは違い、歴史や重厚さを感じさせた。

その気品漂う雰囲気は、まるで古城のようだ。

門の前には広い駐車スペースがあり、そこには大きめのワンボックスカーが停まっていた。運転席には米山さんの姿。

私たちの姿を確認するなり、ふにゃりとした笑顔で手を振った。

ホームズさんは米山さんに会釈したあと、車をバックで駐車した。

「時間通りだね。ありがとう」

米山さんは車から降りるなりトランクを開けて、そこから梱包されている大きな絵を手にした。

これが描き上げた絵なんだ。

そしてその依頼は、『ディエゴ・ベラスケスのような絵を描いてほしい』というもの。


「――いらっしゃいませ。どうぞこちらに」

庭先まで迎えてくれた使用人の案内に従って、私たちは高宮邸に入った。

玄関エントランスの大きさと、吹き抜けの高さに驚きつつ、書斎へと向かう。

えんじ色の絨毯にシャンデリア。壁には大きな肖像画。多分、若かりし頃の高宮氏と奥様だろう。精悍な顔立ちの青年と、それは美しい女性の姿が描かれている。

きっと名のある画家に描いてもらったのだろう、素晴らしい絵画だった。

「こちらでございます」

書斎の前で足を止めて、使用人はゆっくりと扉を開けた。

まず、目に入ったのは、米山さんが描いた『ギターを弾く女』。

贋作と知ってもなお、飾っておくなんてと、少しギョッとしてしまう。

その絵の前に立派なデスクがあり、そこに高宮氏は座っていた。

オーナーと同世代のように見受けられた。

だからきっと、七十代後半くらい。

だけど、オーナーのような今もみなぎるギラギラ感はなくて、穏やかで優しく、とても上品そうな雰囲気だ。

「よくきてくれましたね」

そう言って、杖を手にゆっくりと立ち上がる。イントネーションは標準語だった。

私たちはペコリと頭を下げた。

「やあ、清貴くん。久しぶりだね。君が同行することは、誠司さんから聞いていたよ」

ホームズさんを見て、高宮さんはニコリと目を細めた。

「お久しぶりです。お変わりないようで」

「いやいや、わたしも老いたよ。誠司さんのようにいつまでも元気でいたいものだ」

そう言ったあと、彼は私に視線を移した。

「――こちらは？」

「ま、真城葵と申します」ぎこちなく挨拶した私に、

「葵さんは『蔵』のスタッフなんです」と、すぐに言ってくれるホームズさん。

「そうですか、家頭家の人間に囲まれて働くのは、なかなか面白いでしょう。がんばって

くださいね」

その言葉から、特殊な家頭家のことをよく知っていることが窺われ、急に親近感が湧いてきた。嬉しさを感じながら「はい」と再び頭を下げる。

高宮さんはそのまま米山さんの元へと歩み寄った。

「もう、描き上げてくれたんですね。あなたは仕事が早い方ですか？」

笑顔のままでそう尋ねる。とても優しげなのに、どこか迫力があった。

「は、はい、早い方だと思います」

米山さんは、ビクビクしながら頷いて、すでに書斎内に用意されているイーゼルを見た。

「あの……ここに、いいですか？」

「ええ、お願いします」

「そ、それでは」

米山さんは、包まれた大きな絵をイーゼルに設置した。

その動作から緊張が伝わってきて、なんだか私までドキドキしてしまう。

「――ど、どうぞ」と離れた米山さん。

イーゼルに設置された絵は、白い布が掛けられた状態になっている。

今まで余裕の表情を貫いていた高宮さんが、ゴクリと息を呑んだのが分かった。

壁際に立つホームズさんの目も鋭い光を帯びている。

書斎は緊張に包まれていた。

高宮さんはそっと手を伸ばして、スッと白い布を取り外した。

「――おお」

不意に漏らされた声。

そこには、人形のように愛らしい幼い少女の姿が描かれていた。

七～八歳くらいだろうか、黒い艶のある髪に、黒々とした瞳。バラ色の頬。

ピンクのドレスを着て、少しすましたように微笑んでいる。

何も言わずに立ち尽くす高宮さんの背後で、ホームズさんがそっと口角を上げた。

「ディエゴ・ベラスケス同様の、油彩画ですね。巨匠の画法を見事に表現できていると思います。ちなみに、この少女は？」

ホームズさんの問いに、高宮さんが目を伏せた。

「……わたしの孫の聡子です」

その言葉に、ホームズさんは口を閉ざして、神妙な表情を見せた。

米山さんはためらいがちに顔を上げて、

「……家頭先生から伺いました。あなたはかつて孫の聡子さんを目に入れても痛くないほどに可愛がっていたと。それで、あなたの秘書さんにお願いして聡子さんの写真を手配してもらったんです」

勝手なことをしたと、少し申し訳なさそうに告げた。

かつて、という言葉に苦いものを感じた。そう、高宮さんは事故でご家族を亡くしている。この絵は亡くなったお孫さんなのだろう。

「……なるほど。ディエゴ・ベラスケスはスペイン国王フェリペ4世の愛娘マルガリータ王女の絵を何枚も描いている。婚姻先であるオーストリアに贈るためのものでもありましたが、国王が溺愛していたのは事実。あなたは、それをヒントにされたんですね？」

そう問うたホームズさんに、米山さんは無言で頷いた。

高宮さんはその絵を前に、目を潤ませ、手を震わせている。

「いや、思った以上の素晴らしさに感動しました。天国の聡子もきっと喜んでくれるでしょう」

「ありがとうございます」

ホッとしたように胸に手を当てる米山さんに、高宮さんは切なげに目を細めた。

「……わたしは事業が成功したことで巨万の富を得ましてね。一時はこの世のすべてを手に入れたような気持ちになったことがありました。『金で買えないものはない』と驕ってもいたのです。そんなわたしに大きな天罰が下りました。

仕事で忙しかったわたしを置いて旅行に出かけた妻と息子一家が交通事故に遭い、わたしは大切な家族を一度に亡くしてしまったんです。長年連れ添った妻も、自慢の息子も、可愛がっていた孫の聡子も……」絵を見詰めながらそう漏らす。

この世のすべてを手に入れたと驕っていたかつての暴君は――お金では決して買えないすべてを失ってしまったんだ。

大きな悲しみと苦しさが伝わってきて、私は高宮さんを直視できずに俯いた。

「……はい、それも伺っていました。お孫さんは、まだ五つだったと」

そう続けた米山さんに、『ん？』と絵を確認した。

この子は、五歳なの？

……とてもそうは見えない。随分大きな子だったんだ。

するとホームズさんは、「なるほど」と頷いた。

「あなたは、少し成長した聡子さんを描かれたわけですね」

「……はい。お借りした写真を元に、お孫さんの成長を想定して、小学校に入学する頃の聡子さんの姿を描かせてもらいました」

強く頷いた米山さんに、高宮さんは堪えきれなくなったのか、涙を零した。

「ありがとうございます。七つの聡子に会わせてもらえるなんて、夢にも思いませんでした」

高宮さんは、しっかりと米山さんの手を取った。

「……いえ、ご期待に沿えたなら良かったです」

彼は、高宮さんの気持ちに応える仕事ができたのだろう。

私も胸が熱くて、目に涙が浮かぶ。

「期待以上ですよ」と握った手に力を込めた高宮さんに、米山さんは少し躊躇いの表情を浮かべている。

どうして、あまり浮かない表情なんだろう？　と疑問に思ったその時、

「――絵自体は、期待以上だったようですが、高宮さんが『最初に求めていた絵』とは、違ったのではないですか？」

強い口調で尋ねたホームズさんに、私たちは動きを止めた。

絵自体は期待以上だったけれど、最初に求めていた絵とは違う？

ホームズさんの言っていることが、いまいちピンとこなくて眉根を寄せた。

だけど米山さんは同じ思いを抱いていたようで、真剣な眼差しで頷く。

「自分も清貴くんと同じように感じていました。作業している時は自信があったんですが、家頭先生が僕の完成した絵を観て、しばし黙り込んで、清貴くんを指名した。多分、先生も言葉で言い表せない違和感があったんだと思います。この絵に満足してくれたようですけど、あなたの依頼と、この絵は必ずしも一本の線で結ばれたものではないですよね？」

今までの気弱な雰囲気が嘘のように、しっかりとした口ぶりで尋ねる米山さんに、少し

戸惑った。ふにゃふにゃとした米山さんが、こんなに強い眼差しを見せるなんて。

その視線から逃れるかのように、高宮さんはそっと目を伏せた。

「……そうですね。『ディエゴ・ベラスケスのように』と条件をつけたのは、わたしにも『こんな絵を描いてほしい』という希望があったからです。かつてわたしの目を見事に欺いた天才は、わたしの条件に対して、どんな絵を描いて来るのか楽しみにも思っていました。わたしの希望を読み取ったうえで、素晴らしい作品を描き上げるのか、それともディエゴ・ベラスケスの技法だけを真似た作品を持ってくるのか」

……そうなんだ。

高宮さんは、米山さんがどのくらい期待に応えられるか試したんだ。

「結果、君はわたしの希望は汲んでいないが、期待を上回るものを描いてきてくれた。それは依頼主の器を大きく上回ったと言っても過言ではないです。ですから、良いのですよ。わたしは非常に満足しました」

絵を見詰めながら、シミジミと告げる。

「ですが、元々希望していたものを描けていないのでしたら、納得いきません」と米山さんはムキになったように声を上げた。

本当に、まるで別人のようだ。

自分を殺して贋作制作をしていた米山さん。今は改心して画廊に勤めているということだけど、もしかしたら、今回がはじめてだったのかもしれない。

自分のすべてを知り、才能を認めてくれたうえで、絵を依頼してもらえれたということが。内側で何かが芽生え始めているのだろう。

それは、依頼主の希望に全力で応えたいというクリエイターとしての、強い誇りのようなもの……。

ホームズさんはどう思っているんだろう？

チラリとホームズさんを見ると、壁際で窓の外を眺め、少し微笑ましそうに笑みを浮かべている。

……何を見ているんだろう？

つられて私も窓の外に目を向けると、庭で遊ぶ幼い二人の子どもの姿が見えた。

若い両親が足取りおぼつかない子どもの姿を楽しそうに見守っている。

「――あのご家族は？」

静かに尋ねた私に、高宮さんは優しい面持ちで窓の外を眺めた。

「わたしに残された唯一の宝です。大切な家族を一度に亡くした私ですが、男孫がたった一人だけ生き残ってくれました。あそこにいるのは、孫一家です。孫にその奥さん、そして三歳と二歳になる子どもたちです。わたしにとってはひ孫になりますね。

彼らはわたしが何者でも関係なく、心から慕ってくれている。本当に、かけがえのない存在です」

高宮さんは、庭で遊ぶ仲の良い家族の姿を見て、それは幸せそうに頬を緩ませた。

ホームズさんはすべてを察したように、小さく頷いた。

「分かりました、高宮さん」

高宮さんは『ん?』という様子でホームズさんに視線を移す。

「あなたは、米山さんに『ラス・メニーナス』のような作品を描いてもらいたかったのですね?」

確信を得たホームズさんの強い言葉に、高宮さんは大きく目を見開いた。

「ラス・メニーナス?」

私と米山さんの声が揃った。だけど、語尾が違う。

私の声は疑問形で、米山さんの声は訝しげな響きを持っていた。

「……相変わらず、あなたは素晴らしいですね。清貴くん」

少しの間のあと、高宮さんはまるで眩しいものを見るかのように目を細めた。

――ラス・メニーナス。

先日ホームズさんが、ディエゴ・ベラスケスの有名な作品のひとつとして名前をあげていたことから、その絵の写真は見ていた。

ラス・メニーナスはスペイン語で『女官たち』。マルガリータ王女を中心に、数人の女官たちが周りを囲んでいる。そんな絵だった気がする。

『その複雑な構成が、高く評価されている』と書かれていることも読んだけど。

高宮さんは、そんな複雑な構成の絵を描いてほしかったということなんだろうか？

そんな私の疑問に答えるように、ホームズさんは床に置いていた鞄の中から、美術本を取り出した。

「念のために持ってきていたんです」

パラリとめくられたページには、ラス・メニーナスの絵。

記憶の通り、中心にマルガリータ王女。

向かって左側に王女の手を取る女官。右側に三人の少女。その三人の少女のうち、もっとも幼い女の子が、寝そべってる犬を踏みつけている姿が描かれていた。一見残酷なようだけど、犬の表情を見る限り痛いとも思ってはいなさそうで、幼さゆえの悪戯という気もした。

印象的だったのは、大きなカンバスの前に立つ絵描きの姿。

「——この人は？」

「ディエゴ・ベラスケス本人です」

「本人！」なんと、ラス・メニーナスは自画像でもあったようだ。

絵の中に、自分も描いちゃうなんて、ディエゴ・ベラスケスって、結構ナルシストな人だったのかな。芸術家ってそんなものなのかも？

なにはともあれ、この絵の中に、ヒントがあるはずと食い入るように見ていると、スッと私の隣に米山さんが立った。

「——米山さん、絵の中の『国王夫妻』に注目してみてください」

ポツリと告げたホームズさんに、「国王夫妻？」と米山さんは難しい表情で目を凝らした。

しばし黙り込んだかと思うと、何かに気付いたかのように弾けるように顔を上げた。

「……あの、何か分かったんですか？」

「う、うん、葵ちゃん、ここを見て」

米山さんは、その絵の奥の、壁に描かれた額縁を指した。

「これは絵の中の絵画、ですか？」

ドレスを着た女性が左に、権力者っぽい男性が右側にいる構図だ。

多分、国王夫妻の肖像画だろう。

「俺もそう思っていたんだけど、違うんだ。これは絵じゃなくて鏡なんだ。ならわしでは国王が向かって左になるものなんだけど、これは逆に描かれているでしょう？」

「鏡？」

……とするならば、この絵には描かれていないだけで、この部屋には国王夫妻がいるということだ。マルガリータ王女や、絵描き・ベラスケスの視線の先。

──つまり、ベラスケスが大きなカンバスに描いている絵は、国王夫妻の姿なんだ。

そうか、そうなんだ。

つまり、ベラスケスは、国王のために、国王視点の絵を描いたんだ。

今なら手軽に写真に残せるけれど、その時代には存在しない。

幼いマルガリータはいずれ、オーストリアに嫁いでしまう。

安らぎと幸せに溢れたいつもの日常の光景は、国王にとって、期間限定の宝のように貴重なひと時だったんだ。

ベラスケスは、そんな宝のような光景を切り取って、描いた。

国王夫妻の元に訪れた王女と女官たちの姿や、自分の姿さえも、王の視点の一部として残して。

私がそれに気付いた時、

「──わ、分かりました」米山さんも同じ気持ちだったようで、ギュッと拳を握った。

「このラス・メニーナスという絵の構図の秘密が分かりました」

低い声でそう続ける。

「これは──いつも国王が見ている幸せな光景、なんですね」

その言葉に、ホームズさんはそっと頷いた。

そう、私にも分かった。

つまり高宮さんは、ここから見えるお孫さん一家が幸せそうに遊んでいる、今しかない幸せな光景を描いてほしいと、米山さんに依頼したんだ。

まさしく『ディエゴ・ベラスケスのラス・メニーナス』のように。

それは高宮さんが、ここから見えるなんでもないようなこの光景が、どれだけかけがえのないものか知っているから。

気付いた瞬間、自然と涙が滲んできて、慌てて目頭を押さえた。

「どうぞ」

すぐにハンカチを差し出してくれるホームズさん。

「……あ、ありがとうございます」

気恥ずかしさを感じながら、ハンカチで目頭を押さえた。

私たちの話を聞いていた高宮さんが、ふっ、と微笑んだ。

「そこまで、汲んでくださってありがとうございます。

その通りです。ですが、『ディエゴ・ベラスケスのように』という条件は、『この謎かけにどこまで応えられるか』という、わたしのほんの少しの意地悪も含んでいたんです。きっと分からないだろうと、タカをくくってもいました。ですが、米山さんはベラスケスのような画風で素晴らしい絵を描き上げてくださいました。本当に満足です」

そう言って、再び米山さんの描いた聡子さんの絵を眺めて、愛しげに目を細める。

米山さんはそんな高宮さんの元に歩み寄って、スッと頭を下げた。

「――高宮さん。もう一度、チャンスをもらえますか？」

その言葉に、高宮さんは何も言わずに視線を合わせた。

「もう一枚描かせてください。今度こそ、『ラス・メニーナス』のような作品を描かせていただきたいと思います」強い口調でそう言う。

「――米山さん」

高宮さんは戸惑ったような目を見せたかと思うと、ふわりと嬉しそうに微笑んだ。

「それでは、改めて正式に依頼させてください。今ここから見える、あの幸せな光景を描いていただけますか？」

「はい、喜んで」胸に手を当てて、再び頭を下げる。

「あなたが描いてくれる『ラス・メニーナス』を楽しみにしています。ですがどうか今度はベラスケスの画風にこだわらず、あなたの絵でこの光景を描いてください」

そう告げた高宮さんに、米山さんは真剣な眼差しで深々と頭を下げた。

「はい、尽力させていただきます」

まるで、本当に国王とディエゴ・ベラスケスのようだ。

神々しいような光景。

それは今ここに、素晴らしい画家が誕生した瞬間だった。

第三章　『失われた龍　―梶原秋人のレポート―』

1

「――は、はい、ぜひ、よろしくお願いします！」

梶原秋人、二十五歳。職業、俳優。

マネージャーからきた連絡に、自分が少し興奮していることを感じながら電話を切った。

その内容は、新たな仕事の話。

『ご実家が京都だという、秋人さんにはピッタリのお仕事かと思います』

それは、旅レポート番組の話で、イメージとしては『世界の車窓から』の京都バージョンといったところだろうか？

短い枠だけれど、美しい映像で京の町を伝えていくというもの。

ついに追い風がきた。

これまで、ずっと、端役ばかりだったけれど……。

「――こんないい話が来るなんて」

なんと言っても全国ネットでの、主役の仕事だ。

ハーッと大きく息をついて、ソファーにドッカリと腰を下ろした。

視線の先には、掛け軸が飾られている。

北斎の富士絵。父が俺に残してくれた掛け軸は、家庭内のトラブルによって焼失してしまったけれど、同じものを見付けて購入したものだ。

確か、あの絵の名前は……。

「ええと、なんて言ったかな？」

スマホのメモ機能を開き、『富士越龍図《ふじごしのりゅうず》』という文字に、そうだった、と頷いた。

それと同時に、『ホームズ』と異名を取るあの男・家頭清貴の言葉が浮かぶ。

――秋人さんの『富士越龍図』は北斎が死ぬ三か月前に描いたものとされています。

北斎は数え九十でこの世を去るわけですが、そんな北斎の最期の言葉は『天我をして五年の命を保たしめば、真正の画工となるを得べし』と。つまり、あと五年生き永らえることができたら、本物の絵師になれたのにと。死ぬ間際にきて、なおも絵を描きたいと、極めたかったと口惜しんだ彼は、本物の芸術家だったのではないでしょうか。

梶原先生は、秋人さんに、『芸の道が本当に好きなら、そのくらいの気持ちで取り組めと。半端な気持ちでいるなと。そして描かれた富士山のように日本一に、天を昇る龍のようにスターになれ』と伝えたかったのではないかと思います。

きっと、口にはできなかったものの、あなたのことを応援していたのでしょう――。

ホームズから伝えられた父の想いを思い出しては、また、目頭が熱くなるのを感じた。

「…………」

思えば、ホームズに父の遺志を聞いてからというもの、不思議なことに良い仕事が舞い込んできている気がする。

(あの後、すぐに『真夏の夜の夢』の舞台でライサンダーという大役が入ってきたし)

今度は自分がメインの仕事。この仕事で注目されたなら、また大きな仕事に結びつけることができるかもしれない。

この俺が京都の町を紹介していくなんて。両親ともに京都出身ではなく、俺自身、関西弁すら使っていないにしろ、京都育ちであることには変わりない。

俺だって、京男だ(一応)。

秋が深まるこれからの季節こそ、京の町も見所満載だろう。

しかし、京都から東京の自宅に帰ってきたばかりなのに、戻らないといけない。また、東京の女たちに『私を放置して関西に行くの?』って嫌味を言われるな。

なんて思いながらも、嬉しさに頬が緩む。

最初は『南禅寺《なんぜんじ》』の紹介を考えているという話だったから、撮影の前に下見に行くのもいいかもしれない。

その前に『蔵』に顔を出して、あいつに挨拶しておくか……。

南禅寺についていろいろ、教えてもらうことにしよう。

あいつのことだから、迷惑そうな顔をしながらも、親切に教えてくれるだろう。

スマホを手にして、先日のパーティで撮ったホームズの写真を見て、小さく笑った。

2

数日後、俺は京都へと向かっていた。

品川駅から新幹線に乗って、約二時間半で京都駅に着く。

降り立った京都駅は、大階段や空中径路、屋上庭園、展望台などが設置された、古都の駅とは思えない近代的なデザインだ。

この駅については、今も賛否が巻き起こっているらしい。作家だった父もこの駅の外観については大層怒っていた。

『京都国立博物館のようなレトロモダンなデザインにしてもらいたかった』

駅の話になるたびに、作家仲間とそんなことを言っていたな。

反発の意見が多いかもしれないが、ここが古都・京都市の駅だという概念を取り除いて眺めてみれば、この壮大な建築デザインの京都駅ビルは見応えがあって、素晴らしいと自分は思っている。

世界の観光地の玄関口だと思えば、悪くはないだろう。

地元を一歩外に出れば、いろいろと客観的に見られるものだ。

駅前からタクシーに乗り込んで、そのまま寺町三条へと向かった。

市役所近くの御池通でタクシーを降りて、そのまま寺町商店街アーケードの中へと入る。

歩きながら、少し鼓動が逸る。

何をこんなに緊張してるんだよ。時計に目を向けると、午後三時半。

思えば、今日は平日だし、ホームズはいないかもしれないな。

それでも、あの店で待っていたら、そのうち来るだろう。

やがて『蔵』という看板とともに、アンティークな店構えが目に入った。

「ちわー」ドキドキしてしまう気持ちを隠して、扉を開けると、いつものように『カラン』とドアベルが鳴った。

パッと目に入ったのは、カウンターテーブルを挟んで向かい合って座るホームズとオーナーの姿。

（オーナーが店にいるなんて珍しい）

そう思うと同時に、二人がどう見ても、ガックリと落ち込んでいる姿に戸惑った。

カウンターに肘をついて、頭を抱えるようにしている。まるで葬式のようだ。

「ど、どうしたんすか？」

ぎこちなく尋ねた俺に、ホームズはそっと顔を上げた。

艶のあるサラサラの黒髪に、白めの肌。

ムカつくくらい整った顔立ちの、相変わらずシュッとしたイイ男だ。

「……これは、秋人さん。たしか東京に帰ったとお聞きしましたが」

「ああ、また京都に戻ってきたんだ」

「向こうでのお仕事がなくなりましたか」

「そ、そんなんじゃねーし、その逆だよ」ムキになって声を上げると、

「分かってますよ。あなたのハツラツとした表情からして新たな仕事が入ったんですね。それは関西での仕事だから帰ってきた、そんなところでしょうか。荷物を見る限り、駅から直接ここに来た。ということは、何か相談でも？」

いつものように、まるで霊能者のようにサラサラと言い当てる。

最初はゾッとしたものだけど、慣れると話が早くていいと思ってしまう。

「ま、まぁ、そんなところなんだけど。二人は何をそんなに暗い顔を？」

歩み寄ってソファーに腰をかけると、オーナーが額に手を当てたまま、ハーッと息をついた。

「ここしばらくの間、清貴と他府県の美術館回りをしていてな」

「……はぁ」

「いくつかまがいもんが紛れとったんや」

「まがいもんって？」

「言葉通りですよ。ニセモノが紛れていたんです。それもかなり精巧な」

ホームズが肩を落として、力なく答えた。

「館長の目をも欺くニセモンが、堂々と美術館に飾られているとは、嘆かわしいことや。柳原はんや他の鑑定士にも連絡して、もっと目を光らせるよう呼びかけんとな。しかし、米山を越す贋作師が出てくるとはな」

「……本当ですね」

フーッと重い息をつく二人。

「米山って？」

小首を傾げて尋ねると、ホームズは力ない笑みを見せた。

「以前、祖父が暴いた贋作師です。今は罪を改めて画廊で働いているのですが、なかなかの腕を持っていましてね。彼以上の贋作師は、なかなか出てこないだろうなんて話していたんです。ですが、その米山さん以上の人間が現われたことを感じたわけです」

「まあ、そうした輩は常に新しく出てくるいうことやな。昔、この京都にもそれは優れた贋作師がいてな。若かりし日にワシも欺かれたことがあるんや。何度も言うが贋作師も優れた目利きやで。ワシら鑑定士はさらにその上をいかなあかん」

「分かってます」

「しかし、優れた鑑定士が育っていないことも問題やな。早くお前に一人前になってもらわんと」

「ええ、尽力します」

「さて、と。ちょっとワシは、柳原はんと会うてくるわ。清貴、明日は頼むな」

ゆっくりと立ち上がる。その顔には、いつもの元気がない。

美術館にいくつか贋作が紛れていたことが、ショックだったんだろう。

「はい、分かってますよ。それはともかく、オーナー。わざとらしく落ち込んだ振りをしなくていいですよ。このまま先斗町に遊びに行こうとしていることは分かっていますから」

サラリと言い放ったホームズに、

「うるさい、ワシの元気の源や！」とオーナーは言い放って、店を出て行った。

やっぱり、あのオーナーは相変わらずなようだ。

「──それで、秋人さんのお話とは？」

ホームズがゆっくりと視線を合わせてきた。

「あ、ああ、そうだ。俺、今度新しい番組を担当できることになって」

気を取り直して、ホームズに説明をした。

五分程度の短い尺だけど全国ネットで、映像美にこだわり、美しい京都の町を紹介していく番組を担当できるということ。

初回は南禅寺を紹介する予定だということ。

「――俺も、八坂神社や清水寺とかは何度か友達に紹介したことがあるんだけど、南禅寺は馴染みがなくてよ。それで、思ったんだ。一度、ホームズと一緒に行ったらいいんじゃないかって」

そう話した俺に、ホームズは露骨に眉をひそめた。

「つまり、僕に南禅寺を案内しろと言っているわけですね」

「そうそう、お前、いろいろうんちく知ってそうだし」

「うんちくなんて……本やネットでいくらでも調べられるでしょう」

ホームズは興味なさそうにコーヒーを口に運んだ。

「い、いや、ちげーんだよ」

「何が違うんですか？」

「ネットや本で調べても、俺の頭に入ってこないっていうか、心に響かないんだよ。だけど、お前が教えてくれたことは、なんか知らねーけど、頭と心にスーッと入ってくるんだ！

親父の遺言だったり、祇園祭のタペストリーだったり、すげえ残るっていうか。だから、俺と一緒に南禅寺に行ってレクチャーしてほしいんだ！　初回は特に大事だと思うし」

つい必死になって身を乗り出すと、ホームズは表情を変えずに俺を見返した。

う……なんだよ、その冷静な表情は。俺が熱すぎて、引いたか？

うぜーと思われたかもしれない。

「……分かりました」

静かに頷いたホームズに、「へっ？」と声が裏返る。

「そこまで言っていただけるのでしたら断ることもできません。南禅寺に同行しても良いです。ただ、急ですが、明日でも良いでしょうか？」

「あ、ああ、構わないけど。明日が都合いいのか？」

「……とても良いタイミングでしてね、明日の午後に南禅寺に呼ばれているんですよ」

アッサリとそんなことを言うホームズに、動きが止まった。

「な、なんだよ、行く用事があったのかよ」

そういえば、さっきオーナーが『明日は頼むな』と言っていたのは、南禅寺のことだったわけだ。

「ええ、それと、あなたにガイドをするのは別の話ですから」

「いや、そりゃそうかもしんねーけど」

「まぁ、京都を紹介する番組と聞いては、力になりたい気持ちもありますしね。しっかり勉強して、京の町の素晴らしさを伝えていただけたらと思います」

強い口調で言われて、「は、はい」と咄嗟に姿勢を正した。

しかし、マネージャーに言われるよりも、ずっと気が引き締まるのはどうしてだよ。

「それでは、事前に南禅寺の資料だけでも見ておきましょうか」と棚から分厚い本を取り出すホームズ。

そういえば、こいつ……俺より年下だったんだよな？

落ち着いた物腰で本を開くホームズを眺めながら、自分との差に苦笑した。

3

そんなわけで、翌日南禅寺に行くこととなった。

待ち合わせは午前十一時に『三門前』。当然のごとく車で向かおうと考えていた俺に、

『秋人さん、南禅寺まではバスか地下鉄をお使いくださいね』

ホームズは釘をさすようにそう言った。

はっ、どうしてだよ？　と思っていると、

『京都に訪れる観光客のほとんどが公共交通機関を使うんです。これから、京の町を紹介していくならば、あえて公共交通機関を使って観光客の気持ちを知ることが大事です。あなたは、いつも車で移動しがちでしょう？』そう問われて、反論できずに口を閉ざした。

確かに、つい車になってしまう。

そもそも、公共交通機関を使って観光地に行こうなんて思わないし。

(誰かを連れていくなら、祇園から歩いて八坂神社から清水寺に向かう程度だ)

『バスでしたら南禅寺・永観堂道下車、地下鉄でしたら蹴上《けあげ》駅ですよ。僕としては地下鉄を利用して、蹴上駅から【ねじりまんぽ】と呼ばれる隧道《すいどう》を通って南禅寺に向かうことをおすすめします』

『ねじりまんぽって、水道?』聞き返した俺に、ホームズは少し目を細めた。

京都で育ったとはいえ、いや、京都で育ったからこそ、知らないことがたくさんある。

金閣寺だって、小学校のバス遠足で行ったきりだ。他にも学校行事でいろいろなところに連れていってもらった気がするけど、ちゃんと覚えてなんかいない。

『水道局の水道ではないですよ。隧道とはとても小さなトンネル、つまり管路のことです。南禅寺へと向かうレンガで作られたその隧道も、なかなか見応えがあるので、ぜひ』

そう言うホームズに、『はぁ』と頷いた。

――というわけで俺は、烏丸御池《からすまおいけ》駅から、滅多に乗らない地下鉄に乗っている。

平日の午前中、乗車客は少なかった。

蹴上駅までは、たったの四駅。アッという間に着くだろう。

京都は道が狭くゴチャゴチャしているし、車で行くより、ずっと早そうだ。

路線図を眺めながら、改めて思った。


地下鉄蹴上駅で降りて、地上に出ると眩しいような緑の丘が目に映る。

あれは蹴上浄水場の敷地内だ。いつもきれいに整えられていて、五月にはつつじが満開になる。小学校の頃、家族でこの近くの動物園に来た時に、浄水場のつつじと『蹴上インクライン』を観にきた覚えがある。

今は使われていない線路を指して、

『この線路はかつて船を運ぶための鉄道が走っていたんだ』と親父が教えてくれたな。

『先月来ていたら桜が満開だったわね。ここも桜の名所なのよ』

そう続けた母さんに、それじゃあ、来年は桜の時期に来ようと、みんなで話した。

けど、結局来なかったんだよな。

市内だから、いつでも来られると思っていて、結局一度も行っていないところが多い。

たしかに、この趣のある、今は使われていない線路道が桜で満開だったら、見応えがあるだろう。親父が亡くなってしまった今、家族で見られなかったのは残念だけど、来年の春に番組で伝えることができたら。

そう思うと、なんだか力が湧いてくるような気がした。

『ねじりまんぽ』という隧道は、本当にすぐ近くにあった。レンガ造りのそれは小さなトンネル、いや、隧道。まさに明治時代に作られたものという感じがすると同時に、まるで異国の小さな村にあるトンネルのようだとも思う。アーチ形で、中に入るとレンガがまるで捻るように、ねじれるように並べられている。

「なるほど、それで『ねじりまんぽ』か」

へぇ、と感心しながら隧道を通る。

そのまま隧道を通り抜けて、しばし歩くと、やがて南禅寺の『三門』が見えてきた。

「——ッ」

ドンと構えられた、仰ぐほどに巨大な黒い門に圧倒された。

その巨大な門を支える円柱も太く立派で、とてつもない重厚感を覚え、その荘厳な雰囲気に一瞬呑まれそうになるほど。これが、歴史を肌で感じるってことなんだろうか？

こんなに立派な門は、そうはないだろう、と立ちつくしていると、

「おはようございます」と背後で声がして、驚いて振り返った。

そこには、ジーンズにジャケットというラフでシンプルながらも、センス良くまとめたホームズの姿。

顔やスタイルがいいことも手伝って、とても似合って見える。

くそ、イケメンだな。俺より目立っていたりしないよな？

いつもこいつを前にすると、つい対抗意識を燃やしてしまう。

「会うなり、そんなに睨むのはやめていただけないでしょうか」

笑顔のままでそう続けたホームズに、慌てて首を振った。

「に、睨んでねぇよ」

「蹴上駅からの散歩はどうでした？」

ゆっくりと歩きながら話し出す。

「あ、ああ、悪くなかったよ」

「異国を思わせるねじりまんぽの隧道を抜けて、この三門を眺めると、不思議な気持ちになると同時に、胸を鷲掴みにされるような感覚に襲われるんですよね」

三門を仰ぎながら、穏やかに言う。

――それは分かる気がする。俺も同じことを感じたな。

「秋人さんに、そんな感覚を味わってもらえたらと思いました」

さらにそう言われて、まんまと思惑通りになってしまっていたことに苦笑した。

「南禅寺は、臨済宗南禅寺派大本山の寺院でして、日本のすべての禅寺のなかでもっとも高い格式を持っているんですよ」

もっとも高い格式！　そうだったんだ。

「この二十二メートルもある巨大な三門からは、その格式の高さが伝わってきますよね」

「……あ、ああ」

本当にすげぇオーラというのか、見えない何かに圧倒される。

「それでは、あの三門の楼上に登ってみましょうか」

三門の二階回廊部分を指したホームズに、「ああ！」と張り切って頷いた。

三門に登るには、やはり拝観料が必要で、

「あ、ここは俺が出すからな！　俺が頼んで誘ったんだから」と前に出た時に、ホームズがスッとチケットを差し出してきた。

「――へっ？」

「早くに着いたので、買っておきました。行きましょうか」

ニコリと微笑む。呆然と俺の分のチケットを受け取りながら、
なんてスマートなんだよ、こいつは！

エスコートスキルの高さに打ちのめされて、その場に倒れ込みそうになった。

「……ホームズ、お前には本当に、いろいろ勉強させてもらうわ」

チケットを手に心からそう漏らした俺に、ホームズは愉しげに口角を上げた。

平日の午前中ということもあってか、南禅寺境内にいる人はまばらで、今この時に三門

に登る人はほとんどいなかった。

「秋人さん、階段がとても急なので、足元お気をつけて」

お先にどうぞと階段を指すホームズの言葉通り、門の上へと登る木の階段は驚くほどに急だ。怖がる人なら四つ這いになって登るかもしれない。

頷いて階段を先に登ると、俺の後ろからホームズが手すりをしっかり持ちつつ、続いてくるのが分かった。

なるほど、俺が足を滑らせた時に、キャッチできるようにと考えてくれているわけだ。

こいつはともに行動する相手が男でも、こんなふうに紳士的なんだな。

あのオーナーと一緒に行動していることが多いからなのかもしれない。

オーナーと行動する時は、弟子として常々、先々のことを考えて動いているんだろう。

それが身についているから、他の人間に対しても、自然とスマートにエスコートできるわけだ。

二階の回廊に出ると、サーッと秋風が吹き抜けるのを感じた。

この高みから境内が見渡せる。

少しずつ色付いている木々に、参拝に訪れた人たちの姿。

「す、すげぇ」

手すりに両手をついて、感激の声を上げると、ホームズは微笑んで頷いた。

「まさに、『絶景かな、絶景かな』ですね」

「えっ？」

「歌舞伎の演目ですよ。実在した天下の大泥棒・石川五右衛門が、この門の上から煙管を吹かしつつ下を見下ろして、『絶景かな、絶景かな』と言うんです。……その石川五右衛門の気持ちが分かる気がしませんか？」

ホームズは景色を見渡しながら、心地良さそうに目を細める。

境内の美しい木々、さらに視線を遠くに向けると、京都市内の四季も一望できた。

五山の送り火で有名な『大』の字や『舟形』も見える。

「――ああ、マジで絶景。すげぇな、石川五右衛門もここに登ったんだ」

「いえ、登ってませんよ」

「へっ？」

「ですから、歌舞伎の演目なんです。この三門は、石川五右衛門が処刑後に建てられたものなので、実際には登ってはいません」

「って、なんだよ、それ」

「京の人間は、ここからの絶景にそれだけのロマンを感じたということですよ」

そう言って再び景色を眺める。

そんなホームズにつられるように、俺も境内を見渡した。

なるほど、この景色に感動して、創作の場面に使いたくなるのも分かる気がする。

納得して頷いていると、ホームズが微笑ましそうに俺を見た。

「秋人さん、あなたの良いところは、その素直な感性です。今感じたことをどうか忘れないで、その感動をそのままに、視聴者に伝えてもらえたらと思います」

その言葉に、なんだか胸が熱くなった。

素直な感性——そんなふうに言ってもらえたのは、初めてかもしれない。

変に取り繕ったりしないで、自分の受けた感動をそのままに伝えられたらいいんだと、心から思った。

「ただ、『すげぇ』とか『マジで』という言葉遣いはテレビでは控えてくださいね。あなたは、その番組においては一応、『京男』代表となるわけですから」

ピシャリと言われて、「わ、分かってるよ!」と、ブスッとして腕を組んだ。

「それでは、後で寺院内に入れることですし、ひとまず『水路閣』を見て、昼食にしましょうか」時間を確認しながら言うホームズに、

「あ、昼飯は俺が奢るからな! ってか、奢らせてくれ、俺はお前にご馳走したいんだよ!」

ムキになってホームズの手を取った。

「……ありがとうございます。ですが、そんなことを大声で言って、手を取らなくても。あちらの女性が何か勘違いして頬を赤らめていますよ。あなたとの仲を勘違いされるのは、

とても不本意ですね」

ゾクリとするような冷笑を向けられて、顔が引きつった。

――そのまま三門を下りて、南禅寺の境内を抜けるとレトロなデザインのアーチ橋『水路閣』が見えてくる。まるで古代ローマの水道橋か、ヨーロッパの観光遺跡のような歴史を感じさせるレンガ造りの橋だった。

思えば、この水路閣も、ちゃんと観にきたのは初めてだった。

「この水路閣は明治時代の偉業ですね。橋の上には、琵琶湖疏水の支流が小川のように流れています。建設から百二十年以上が過ぎた今も、立派に役目を果たしているんですよ」

ホームズはそっとレンガに手を触れて、橋を見上げた。

南禅寺という格式高い寺に、こんな古レンガの異国風陸橋が隣接していることに違和感があるようで、意外に溶け込んでいる。

赤レンガの橋脚が形づくるアーチの連続。それは、どこか違う世界に迷い込んだような、不思議な感覚だ。

「……すげぇな。南禅寺のすぐ側に、こんな橋があるなんて」

「建設当時は批判も多かったそうですよ。それで環境を壊さないような配慮から、当時としては画期的な異国風建造物の水路閣を設けまして、今は見事に風土に溶け込んだ景観となったわけです。まさに『和洋折衷』ですね。ちなみにこの水路閣は『京都市指定史跡』

に指定もされているんですよ」

相変わらず、見事なガイドっぷりだ。

やっぱり、こいつに同行を頼んで良かった。だけど……。

「なんか、ここは、デートで来たいところだな。女の子が喜びそうだ」

って、同行してもらいながら、それはないか？　と思っていると、

「同感ですね」アッサリ頷くホームズに、思わず笑ってしまった。

「そういえば、お前、彼女はいるの？」

勝手に葵ちゃんとイイ関係かと思ったけど、それは違うらしいし。こんなにスマートで博学なら、彼女くらいいそうなものだ。

「いませんよ」

「マジで？　お前ならいくらでも出会いがありそうだけどな」

「……僕には特異な部分がありましてね。一緒にいると、相手の大抵のことが分かってしまうんです。僕に嘘をついていることも欺いていることも、打算的な部分も。なんでも見えすぎてしまうんですよ」

そう話すホームズに、なんとなく頷いた。

たしかに、こいつだったら、相手のすべてがお見通しになってしまうんだろうな。

女がどんなに完璧に嘘をついているつもりでも、ホームズにはすべて分かってしまう。

「あまりにそういうのが見えすぎてしまったのと、初めて付き合った女性との交際が手痛い裏切りで終わったこともありまして」

「初めて付き合った女に裏切られたんだ？」

驚きのあまり話を遮ってしまった。まさかこいつが女に裏切られた過去を持つなんて。

「ええ、それで、すっかり女性に対してやさぐれてしまいましてね。深入りしないで済む相手と一時的なお付き合いができれば、それでいいんじゃないかと思うようになってしまいまして」

そう言って、ふぅ、と息をつく。

「…………」

あれ？　こいつ今、サラリとすごいこと言ったよな？　こんな上品な顔して。

黙り込んだ俺に、

「まぁ、誉められた話ではないので、ここだけのことに」

ホームズは口の前に人差し指を立てて、ニコリと微笑んだ。

「お、おうよ」って、なんだか、こいつはズルいな。

「なあ、葵ちゃんはどうよ」

「葵さんですか？」

「お前にとって、特別なんだと勝手に思ってたんだけど」

そう言うとホームズは何も言わずに、そっと口角を上げた。

「あ、やっぱり、特別なんだろ」

「特別というんでしょうか。彼女がはじめて店に訪れて泣き崩れた時……まるで、かつての自分を見ているようだったんですよね」

「自分を？」

「ええ、失恋の境遇がとても似ていましてね。ですが、僕はあんなふうにはなれませんでした。傷付けられた自尊心と体裁を守ることに必死でしたので。そんな自分なので、恥も臆面もなく、自分の弱さや醜さをすべて剥き出しにして泣く彼女の姿が、なんだかとても羨ましく、眩しく見えたんです。……そして力になりたいと思いました」

まるで独り言のようにそう漏らす。その目はどこか遠くを見ていた。

そんなホームズの『立ち入れない雰囲気』になんだか圧倒されて、言葉が詰まった。

「し、しっかし、今日は快晴すぎて秋だってのに暑いくらいだな」

何を言ってよいのか分からず、誤魔化すように自分を手で仰ぐと、

「今日は二十六度まで気温が上がるそうですからね。もし良かったらお使いになりますか？」と内ポケットから扇子を取り出して、スッと俺の前に差し出す。

なんて用意がいいんだ、この男は。

感心を通り越して、少し呆れてしまう。

「い、いや、扇子で仰ぐほどじゃねぇから、大丈夫」

「そうですか。それでは、ランチに行きましょうか」

再び扇子を内ポケットにしまって、ホームズはいつもの顔を見せた。

「おう、待ってました」

俺は強く頷き、そのまま水路閣を後にした。

4

その後は南禅寺近くの湯豆腐の店で、ランチを摂ることにした。

上品にものを食べるホームズをジッと見ながら、
なるほど、こうやって食べると綺麗に見えるわけだな。俺もカメラの前でものを食べることもあるから参考にさせてもらおう。

食い入るように観察していると、ホームズはクスリと笑った。

「……熱心ですね」

仕事の為に観察していたことを見抜かれて、決まりの悪さに苦笑した。

「そういや、南禅寺に呼ばれたって、やっぱり鑑定の仕事か？」

話題をそらした俺に、ホームズはまた小さく笑って、食べ終えた箸をそっと置いた。

「違うと思います」

「へっ、鑑定じゃないのか?」

「詳しいことは、まだ伺っていないのですが、『相談がある』とのことなので、鑑定ではないようです」

「……相談か」

寺って、そもそも、相談事を持ち込まれるところであって、その寺に相談事を持ちかけられるって、すげぇことだよな。

一体、どんな相談があるというんだろう。

心なしか、ワクワクしてくるのを感じた。


食事を終えて、のんびりとした足取りで、再び南禅寺の境内へと戻った。

さきほど登った三門をくぐり、まっすぐ法堂へと向かう。やはり、漂う『別格感』。囲む木々はそれなりに色付いているものの、まだまだ本格的な紅葉とは言えなかった。

「ここが、本格的に色付いたら、マジで綺麗なんだろうな」

「その頃に、きっと撮影されるのでしょうね。僕も放送を楽しみにしています」

歩きながら静かにそう言う。

今までは撮影がただ楽しみだったけれど、ホームズのこの言葉に緊張を感じた。

こいつに、こんなふうに言ってもらえるなら、本当に気を引き締めないと。

「そろそろ、時間になりますので、『本坊』に向かいましょうか」

「本坊？」

「住職が住む僧坊です。そちらに呼ばれていますので」

本坊に向かって歩くと、白い壁に黒い瓦屋根の大きな和邸が見えてきた。

住職が住むところと言っても、拝観料を払えば誰でも入ることができるらしい。

チラチラと観光客の姿も見える。

建物の前には待ち構えていたらしい若い僧の姿もあり、俺たちを見るなり深々と頭を下げた。

「家頭さんですね？」柔らかな笑顔で、そう尋ねる。

「ええ」

「はじめまして、南禅寺の僧、円生《えんしょう》と申します。このたびはようこそおいでくださいました。どうぞ、こちらに」

会釈をしながら、中へと案内する円生という名の僧。

彼の後をなんとなくついて歩いていると、和室に大きな『書』の衝立が展示されていた。

書かれている文字は、漢字二文字。なんて書かれているのかは、達筆すぎて分からない。

「これ、なんて書かれているんだ?」

ポツリと漏らした俺に、ホームズがそっと足を止めた。

「あれは『瑞龍《ずいりゅう》』と書かれているんですよ。『瑞龍』とは南禅寺の山号なんです」

いつものようにサラリと答えるホームズに、円生は驚いたように頷いた。

「ええ、こちらは南禅寺第八代管長、嶋田菊僊《しまだきくせん》による書です。そう、『瑞龍』とは南禅寺の山号なんです。よく御存じで。さすが、『寺町三条のホームズ』と呼ばれているお方ですね」

感心したように言う彼に、

「いえ、僕がホームズと呼ばれているのは、苗字が『家頭』だからですよ」

ニコリと笑みを返すホームズ。

なんで、いつもこの返しなんだよ?

「なにを仰いますか。仁和寺《にんなじ》をはじめ、あちこちでのご活躍を伺っていますよ」

「ああ、仁和寺の件ですか……」

少し納得したように頷くホームズに、思わず身を乗り出した。

「おい、仁和寺で何をしたんだよ?」

「茶碗の鑑定をしただけですよ」

サラリとそれだけ言うホームズに、俺はムッと眉根を寄せた。

くそ、話すのを面倒くさがりやがって。絶対に、鑑定だけじゃなかったはずだ。

「もしよろしかったら、客間にご案内する前に、まず、ここの自慢の品もご覧になりませんか？」

円生は今思い付いたように、足を止めて振り返った。

「それは、ぜひ、拝見したいです」

心底嬉しそうに、目を細めるホームズ。

「それでは、こちらです」

円生は、そっと会釈をして、再び歩き出した。

ホームズもそうだけど、この円生もちょっとした仕草や物腰に品があって、さすが格式高い寺の僧だと感じさせた。

「なぁ、そういえば、さっきの『書』については、ホームズどう思う？」

なんて書いてあるのかは読めなかったけど、迫力は伝わった。

どれだけの価値があるものなんだろう？

小声で尋ねた俺に対して、

「……そうですね、たいしたものだと思いましたよ」

ホームズは歩きながら静かに答えた。

「それでは、国宝と呼ばれる『方丈』（寺の住職の居室）をご覧ください」

本坊の左側に、方丈へと続く唐破風の大玄関があり、そこから中へと入る。

「ここは、内裏の清涼殿を移築して再建されたものと伝えられているんです。この襖絵も我が寺の自慢のひとつなんです」

誇らしげに目を輝かせる円生に、ホームズも嬉しそうに建物内を見回した。

「ここに入ったのは初めてですが、煌びやかな襖絵も本当に素晴らしいですね」

熱っぽくそう言って、襖を見詰めた。

「ああ、マジでこの襖は豪華だな」

写真を撮ろうとスマホをポケットから出した瞬間、

「すみません、撮影不可でして」

円生は申し訳なさそうに手を合わせた。

えっ、と動きを止める俺に、円生はクスリと笑った。

「ですが、こちらは大丈夫ですよ。『寒山拾得像《かんざんじっとくぞう》』これも寺の宝です」と指したのは、二人の僧が寄り添う像。

「『寒山』『拾得』。唐代の僧の名前です。なかなかの奇行で知られる人物で、二人の伝承を元に彫刻や絵画と創作の題材に使われることが多いんですよ」

「へぇ……」

せっかくおススメしてくれても、こんなオッサン二人が寄り添う像を写真に撮る気にはなれない。

だけど、隣のホームズは相変わらず、嬉しそうに眺めていた。

他にも、龍が描かれた磁器の壺や掛け軸を観てまわりながら、

「寺の宝といえば、『雲龍図』もそうですよね。さきほど法堂に行ったのですが、非公開で観られなかったのが残念でした」

ホームズが心底残念そうに胸に手を当てた。

「雲龍図？」

「本堂の天井に、今尾景年《いまおけいねん》画伯の幡龍《ばんりゅう》が描かれているんですよ」

「ああ、寺とかによくある」天井に龍の絵ってやつだ。

「もし、良かったら、今から観られますか？」

そう言った円生にギョッとした。

いや、もう、ここまできてるんだし、本堂まで戻らなくてもいいから。面倒くせぇし！

心でそう叫ぶも、「ぜひ」と強く頷くホームズ。

芸術を観るには、労力を惜しまないようだ。

うんざりしている俺とは別に、ホームズと円生は軽い足取りで本堂に向かった。

急ぎ足もどこか上品で。

「しかし、なんて言うか、お前とあの円生さんって似た雰囲気だよな」

歩きながらシミジミと言った俺に、ホームズは「えっ？」と振り返った。

「そうですか？」

「あ、自分じゃわかんねーの？　なんかすげー似てる。お前って坊さんタイプなのかもな」

クックと笑う俺に、

「こう見えても、煩悩でいっぱいですけどね」とホームズは笑みを浮かべたあと、

「そうそう、秋人さん。南禅寺はここの留蓋瓦《とめぶたがわら》も龍でできているんですよ」と屋根に目を向けた。

「留蓋瓦？」キョトンとして屋根に目を向けると、角の先が龍の頭となっていて、「へええ」と感心の息をついた。

「こりゃ、気付かなかったな」

すると円生が感心した様子で胸の前で手を合わせた。

「ええ、気付かれない方も多いんですよ。さすがですね」

「これは、さすがというほどのことでもないですよ」

ホームズは肩をすくめて苦笑した。

そのまま本堂へと進み、雲龍図の元へと向かう。

天井に描かれているのは、円の中でギョロリと目を光らせ、宝玉を握っている龍の姿。

全体的に青みがかっている絵だった。

「――やっぱり、素晴らしいですね」

天井の雲龍図を眺めながら、熱っぽくそう告げるホームズに、

「実は、この雲龍図こそ、観ていただきたかったんですよ」

円生は静かにそう告げた。

「この雲龍図に何か？」

「……詳しくは、お部屋でお話致します」

沈痛の面差しで、ペコリと頭を下げた円生に、俺とホームズは思わず顔を見合わせた。

5

再び、俺たちは本坊に戻り、案内された『滝の間』に入った。

その名の通り、滝を望むことができる広く美しい和室で、そこに三人の男が待機していたように座っていた。

「はじめまして、南禅寺の副住職をしております、雲生《うんしょう》と申します」

頭を下げたのは、副住職だという初老の僧。

続いて、三十代くらいの僧が頭を下げた。

「わたくしは、生庵《しょうあん》と申します」

最後に、作務衣を着た作業員らしき中年男性が、「庭師の菊池です」と簡単に頭を下げた。

「はじめまして、家頭清貴と申します」

深々と頭を下げるホームズに、僧たちは再び頭を下げ返していた。

「……梶原秋人です。よろしくおねがいします」

なんとなく居心地の悪さを感じながら、俺も頭を下げる。

副住職の雲生が中央に、壁際に円生と生庵が並び、さらに少し離れたところに庭師の菊池さんが座っていた。

穏やかな笑みを湛えている副住職と円生に比べて、青年僧である生庵は真剣な表情を見せていた。

円生は、ホームズに似ていると思っていたけど、副住職にもそっくりだな。

上品な人間の雰囲気というのは、似通うのかもしれない。あまり上品そうには見えない生庵さんは、少しピリピリとした緊張感を漂わせている。

その一方で、庭師の菊池さんは、『とりあえず、ここにいる』という雰囲気だった。

そういえば……住職は？

「このたびは、突然お呼び立てをしてすみませんでした」

申し訳なさそうに告げる副住職に、ホームズは「いいえ」と首を振った後、少し身を乗り出した。

「どういったご用件でしたのでしょうか？」

副住職は小さく息をついたあと、

「実は今、住職が勉強会で二週間ほど留守にしておるのですが」と、ゆっくり話し始めた。

「住職がこの寺を留守にして三日目のことです。こんな手紙を、庭師の菊池さんが境内の中で見付けまして」

副住職は懐から白い封筒を出し、スッとホームズの前に差し出した。

「……失礼します」

ポケットから白い手袋を取り出して、封筒から便箋を取り出した。


【南禅寺様。龍を頂戴いたしました】


筆字でそう書かれた手紙。かなりの達筆だ。

ホームズはその手紙を見て、ほんの少し眉をピクリとさせた。

ただ、その表情からは、何を考えているのか窺い知ることはできない。

「この手紙を見まして、最初はただのイタズラかと思ったんですが、念のため、寺院内の『龍』に関わるもの、すべてを調べてみました。しかし、何も盗られてはいなかったのです。それで、やはり、ただのイタズラに違いないと思っていました」

そう話す副住職の両隣で、『うんうん』と頷く、円生と生庵。

「それから、さらに三日後のこと。まったく同じ手紙を生庵が見付けました。早朝、方丈にあります、『寒山拾得像』の下に置かれていたんです。それは、たしかに前日の夜にはなかったものでした」

それには、驚いた。

『寒山拾得像』って、さっき見たオッサン二人が寄り添う像だよな？

それって、真夜中に忍び込んで、手紙を置いていったってことか？

「なるほど、それはたしかにいろんな意味でタチが悪いですね。それが、内部の者の仕業でも、外部の者の犯行でも」

手紙を眺めながらホームズは小さく頷いた。

そうだ、内部の者の仕業ならタチの悪いイタズラで、外部の者がやったことならば、それだけで不法侵入罪だ。

あえて寺の宝の下にそんな手紙を置いておくこと自体、タチが悪い。

「ええ。ですが、何も盗られてはいませんし、それがどうにも奇妙で。そこで、誠司さんとこのお孫さんがえろうキレ者やと聞きまして、相談させてもらいたい思うたんですわ」

なるほど、それで、ホームズに白羽の矢が立ったわけだ。

「……この手紙は直筆ですね。大変申し訳ないのですが、お寺のみなさまが書いた文字を拝見することができますでしょうか？」

「新たに書かせますか？」

「いえ、すでに書いたものをお願いしたいです」

すぐにそう言ったホームズ。それは大いに賛成だった。新たに書かせても、意識して字を変えてくるに違いない。

副住職の目配せで、円生と生庵が素早く立ち上がり、やがてホームズの前にたくさんの写経本が積み上げられた。

「そして、これが、庭師の菊池さんの文字です」

最後に出されたのは、一通の封筒。それはただの礼状のようだった。

「ありがとうございます。拝見いたします」

ホームズはペコリと頭を下げたあと、封筒の文字を含め、写経本の文字をサッと流すように見ていく。

もっとジックリ見ると思ったのに、こんなに速いんだな。

副住職の文字はさすがの達筆で、円生と生庵は、それには及ばないものの、俺のような素人でも読みやすい丁寧な文字を書く印象だった。

他の僧の文字も眺め、最後に今、ここにはいない住職の写経本に手を伸ばした。

「――――ッ！」

住職の文字を見るなり驚き息が詰まった。

目利きじゃない俺にだって分かってしまった。

謎の手紙の文字と、よく似ていた。

副住職たちも、今それに気が付いたように表情を強張らせた。

「……ありがとうございます。分かりました」

パタンと本を閉じて、ホームズはそっと顔を上げた。

ああ、俺にも分かったよ。

犯人は、住職だ。なんのつもりかは分からないけれど、『南禅寺様。龍を頂戴いたしました』という手紙を書いたことは、間違いない。

「その手紙に書かれているように、南禅寺の大事な『龍』はすでに盗まれてしまっています」しっかりと副住職を見据えてそう告げたホームズに、皆は驚き言葉を失った。

「りゅ、龍がすでに盗まれてるって、どういうことだよ？」

思わず誰よりも先に声を上げてしまった俺に、生庵も同意のようで強く頷いた。

「そうですよ。わたしたちが調べた結果、何も盗まれていなかったとお伝えしたでしょう」

副住職と円生は驚いた様子ながらも、穏やかな表情でホームズの次の言葉を待ち、菊池さんは露骨に『何言ってんだ、この人は』という目を見せていた。

「盗まれた、というより、南禅寺の大切な宝が『すり替えられている』と言った方がいいかもしれません」

ホームズは落ち着いた口調でそう続けた。

今まで観てきた、南禅寺の宝って……。

天井の雲龍図は……あんなものをすり替えられるとは思えないし。

屋根瓦についている龍の頭……あれは『宝』ってほどでもないのか？

それじゃあ、龍が描かれた壺や掛け軸……あとは、手紙が置いてあったという、オッサン二人の像のことか？　あれは、本当は『龍』を意味する宝だったとか。龍の暗示する逸話を秘めていたりして。それとも、撮影禁止だった襖か？

……いや、違う。ホームズは、あの像や襖を見て、『素晴らしい』と言ったんだ。

雲龍図にしてもそうだ、『素晴らしい』と言っていた。

そういえば、ただ、ひとつ……ホームズが、『素晴らしい』と言っていなかった物がある。

『たいしたものですね』と言っていたものが、ひとつだけ……。

「瑞龍の『書』、あれはニセモノです」

ホームズが強い口調でそう言い切った瞬間、部屋に緊張が走った。

「や、家頭さん、ですが、あれは、わたしどもが毎日見ていまして、すり替えられたりしたら、すぐに分かると思いますし」

戸惑いながら言う円生に、生庵も強く頷いた。

「そうですよ、大体、あんな大きなものをすり替えるなんて」

副住職は落ち着いたままの瞳で、ホームズを見詰め返した。

「清貴さんは、以前に『瑞龍』の書を観たことがあるのですか？」

「ええ、何度か。ですが、たとえ観たことがなくても、あれがニセモノであることは分かったと思います」即答したホームズに、俺も皆も驚いた。

「それは、どういうことですか？」

責めるのではなく、素朴な疑問という雰囲気で尋ねる副住職。

きっと皆が同じ気持ちだっただろう。

「……祖父もよく言うのですが、『ニセモノはあくまでニセモノであって、本物ではない』のです」

そう切り出したホームズに、皆は思わず顔を見合わせた。

相変わらず菊池さんは、『何言ってんだ、この人は』という顔をしている。

悪いけど、俺も同じ気持ちだ。

ホームズ、お前、何言ってんだよ？

「我々鑑定士は、まだ観たことのない作品のニセモノを出されても、それがニセモノだと分かるんですよ。本物には本物の、ニセモノにはニセモノのラインがあるのです。

ニセモノにはどうやっても、『人を騙そう、欺こう』という隠しきれない打算のラインが出てしまうわけです。どんなに色や形が同じでも、『どうにも何かが違う、いやらしさ』を鑑定士は感じ取れるわけなんです」

そう話すホームズの言葉を、皆は黙って聞いていた。

「ですが、時にそんな鑑定士の目をも欺いてしまう、『精巧な贋作』というのがあります。それはよくできたニセモノとどう違うのかと言うと、『騙そう』という気持ちが入っていないのです。一種のトランス状態になって、まるでその作家になりきったように、その作品をコピーしてしまうわけです。そうしてできた精巧なコピーからは、いやらしいラインが感じられません。従って時折、鑑定士の目を欺いてしまうことがあるのです」

その言葉に昨日、ホームズとオーナーがしていた会話を思い出した。

美術館の館長の目すら欺いて、忍び込んでいたという贋作。

それは、まさにそんなコピー作品だったのかもしれない。

「とはいえ、それもやはり『ニセモノ』なわけです。よくできていて打算のラインが見えなくても、本物が放つオーラがありません。瑞龍の『書』はまさに、そんな優れたコピー能力を持つ贋作師によって、すり替えられたものです。

素人の目は勿論、もしかしたら、鑑定士の目をも欺く出来栄えです」

なるほど、それで『たいしたもの』だとホームズは言ったわけだ。

あの一瞬で、あれを贋作だと見破る。この若さで、やはり、末恐ろしい男だ。

ホームズは一息ついたあと、畳に手をついてしっかりと副住職の顔を見た。

「――副住職様。南禅寺はかつて妖怪が出たことで知られる寺。その妖怪は当時、東福寺にいた無関普門禅師が、南禅寺に訪れたことで姿を消したと聞きます。それから約七百年。残念なことに、再び、この南禅寺にまがいものが潜んでおります」

キッパリと言い放ったホームズに、副住職はそっと目を細めた。

「まがいもの？」

「ええ、ここに！」

ホームズはそう言うなり、内ポケットから短刀のようなものを取り出して、勢いよく円生の頭上に向かって振り落とした。

バァンッという、弾けたような音が響く。

「――ッ！」

皆が仰天する中、円生が頭上で短刀のようなものを受け止める姿が目に映った。俗にいう『真剣白刃取り』のスタイルだ。

ホームズが振り下ろしたもの。それは、短刀ではなく扇子だった。

「――いやいやいや、可愛らしい顔して恐ろしいことをしますなぁ。頭カチ割る気かいな」

扇子を受け止めたまま、歪んだ笑みを浮かべる円生。

「頭のすぐ上で寸止めして、あなたの腰を抜かしてみせようと思ったのですが、こうして受け取られるなんて思いませんでした。やりますね」

「ほんまかいな。頭へこます勢いやったで。にしても品行方正な坊《ぼん》かと思えば、なかなか凶暴な子やな。まさかいきなり頭を叩きつけに来るとは思わんかったわ」

「そうは言っても、これはただの扇子ですし」ふふふ、と笑う。

「恐ろしい殺気を放っておいてからに」

円生は扇子を受け止めている手を小刻みに震わせながらも、

「ところで、いつから分かってん？」と余裕の表情で目を光らせた。

それは異様な光景だった。

ホームズが振り下ろしている扇子を、円生は今も受けたまま。

互いに睨み合いつつも、口元だけは笑みを湛えている。

その迫力に俺たちは、動くことも話すこともできずにいた。

「はじめてお会いした時から、違和感を覚えていました」

「なにかヘマをしましたか」

「まず、『最初から僕のことを知っていた』ことでしょうか。たくさんの観光客の中から、僕を見てすぐに出迎えてくださいました。元々僕は一人で訪れると言っていて、急遽連れができたにもかかわらず、あなたには迷いがありませんでした。そのことから、この寺で僕を呼ぶような流れに持っていったのは、あなたであることを感じたわけです。

そして、瑞龍の書の前で、あなたはほんの少し緊張しましたね？　いや、今にして思えば興奮だったのかもしれませんが、急に口数が多くなり、説明しながらもほんの少し呼吸が乱れていましたよ。

僕は最初、何か事情があって寺ぐるみで一時的に贋作を展示していて、それが露見することを恐れているのかと思ったんです。

次にあなたの模倣性です。あなたは根からのコピー人間だ。側にいる人の表情や仕草を模倣する傾向にあります。秋人さんがあなたのことを最初に『僕によく似ている』と仰っていました。その後は副住職とそっくりな雰囲気になり、あなたの書く字は生庵さんによく似ていました。あの手紙の字を住職そっくりに真似たのは、わざとですね？　あなたなら難なくほしい物を手に入れられたでしょうに、なぜ、わざわざこんな真似を？」

そう尋ねたホームズに、円生はふっと表情を緩ませた。

「……わたしも贋作師を極めましてなぁ、誰もわたしの作品をニセモノだと気付く者がいなくなりましてな。最初はそれが快感やったんやけど、そのうちに何もかもがつまらなくなってしまったんですわ。そんで、自分の罪を改めることも含めて、本気で出家しようと、まあ、多少の小細工をさせてもろうてんけど仏門に入ることにしたわけや。

そうしたら先日、何年も誰も見破っていなかった、わたしの贋作をあんたが見破ったことを知りまして。突然、忘れかけていたものが疼き出したんですわ」

「見破ったのは僕だけではなく、祖父もですよ」

その言葉に、円生は鼻で笑うような仕草をした。

「せやな、修業を積み重ねた匠のジジイに見破られたなら、『さすがやな』で終わったかもしれへんな。自分よりも若いあんたが、わたしの贋作を見破り、『ホームズ』と異名を取るキレ者と知って、ちょっと挑戦したくなったというわけや。

あの『書』はあんたに挑戦しようと手掛けた力作やで。アッサリ暴かれてんけど、なかなかの作品やったやろ？」

「――あんなん、作品やない。形だけ真似た、本物の匂いがせえへん造花を花とはよう言わん。造花は造花であって、花とは別物や。いろんな考えがあるかもしれへんけど、僕は人を欺く贋作を『作品』だなんて認めへん。図々しい話やで」

ゾクリとするような冷笑を浮かべたホームズに、円生は愉しげに目を細めた。

「へぇ、言いますなぁ。しかし、それがあんたの本性か。おっそろしい雰囲気で、まるで別人のようやな。けど、品行方正な顔よりずっとええわ。あんたも相当なクセもんやね」

「おおきに。……ほんで、本物の『瑞龍』の書はどこや？」

「寺の倉庫や。探せばすぐに出てくるやろ。あんたみたいなのがいると思うと、まだまだ俗世に未練も出てくるというものやな。ここはわたしの負け、撤退や。ほなさいなら」

円生はニッと笑ったあと、ホームズを突き飛ばすように手を離して、扇子をつかんだまま勢いよく部屋を飛び出した。

「逃がすか！」

すぐに追いかけようとホームズが部屋を出ようとしたその時、副住職が声を上げた。

「お待ちください、清貴さん！」

その言葉にホームズの動きが一瞬、止まった。

気がついた時には、円生の姿はなく、

「――ッ！」

ホームズは悔しげに唇を噛んで、拳を握り、チッと舌打ちした。

その姿に正直驚いた。円生が言っていたように、こいつは品行方正な仮面の裏に、こんな勝気な一面を持っているなんて。

あまりの展開に頭がついて行かない中、妙に感心してしまっていた。

「清貴さん、あれは忍の手合いや。いくら腕に覚えがあっても、深窓の坊《ぼん》には捕まえられんやろ。時間と体力の無駄です」

静かにそう言う副住職に、ホームズはピクリと眉をひそめた。

「お言葉ですが、僕は『深窓の坊』というわけでもないですよ」

クルリと振り返ってそう言う。口元に笑みを浮かべていたが、副住職の言葉が不本意であることは十分に伝わってきた。

「あなたもただのお人やないのは分かりますが、身体能力においては円生には敵いませんやろ」

「……副住職はあまり驚かれていないご様子ですが、すでに気付かれていたんですね？」

「瑞龍の書がすり替わっていることには気付きまへんでしたが、円生が普通の人間やないのは気付いておりましたし、公にできないような過去を背負っていることも、感じとりました。ですが、仏門に入ろうと決意した、その想いを受け止めるのが、我々の務め。円生も過去に何があったのかは分かりませんが、俗世を忘れて念仏を唱えて自分の罪を懺悔し、もう少しで本物の僧になれるところだったのです。ですが、あなたという存在を知って、まだまだ未練があることを感じたんでしょうなぁ。大ベテランの誠司さんに見抜かれたなら疼きつつも、どこか諦めもついたのでしょうが、自分より若いあなたに見抜かれたことがプライドに障ったのやろ。

それと同時に、円生はきっとあなたに自分の贋作を見抜いてもらって嬉しかったんやと思いますわ。ずっと『影』として生きてきた中で、『個』を認めてもらったような気になったのかもしれません。そして宿命のライバルを見つけたような気持ちになった。そうなってくると、ひっそりと生きていくことができなくなったんやと思いますわ。……皮肉なことです」

遠くを眺めながら静かにそう漏らす。

「このことを警察には？」

「瑞龍の書は倉庫にあると言うていたし、それは嘘ではないでしょう。結果的に何も盗まれてはおりません。それに警察に言ったところで、あの『忍』相手には何もできんはずや」

「それでは、どうされるおつもりですか？　彼を泳がせておくと？」

少しイラついているのか、強い口調で尋ねるホームズに、副住職はニコリと微笑んだ。

「あなたがおりますすやろ」

「えっ？」

「円生をお頼み申しますよ、『寺町三条のホームズ』はん」

その言葉に、ホームズは大きく目を見開いた。

「わたしたちは結局、円生の心の隙間を埋めてやることができませんでした。残念な気持ちもあります。ですが、これも仕方のないこと。あなたがあれの作った物をことごとく暴き、打ちのめしたなら、その先に何かを見付けてくれることでしょう。

そして、もしかしたらあれは、あなたの他山の石となる宿命にあったのかもしれません」

ポンッと背中を叩く副住職。

まるで、すべて見通して受け入れるような笑みに、圧倒されてしまった。

「……さすが、南禅寺の副住職様ですね」

少し諦めたようにホームズは肩を落とし、

「もちろん、彼の作った贋作をすべて暴いて見せますよ。贋作を作ること自体、無駄だと思わせてみせます」と、それは強い眼差しを見せた。

6

その後、俺たちは、副住職に丁重な礼とともに、あれこれと土産をもらい、

『このことは、どうぞここだけの話に』

見送りの時に、そんな言葉を添えられて、本坊を後にした。

広い境内をホームズとともに、ゆっくり歩く。

ホームズは、思うことがいろいろあるんだろう、難しい表情を浮かべたまま、一言も話さなかった。

「――ここだけの話にって言ってたけど、オーナーには伝えるんだろ?」

そっと尋ねた俺に、ホームズは顔を上げた。

「ええ、もちろん、オーナーには報告します。……気が進まないですがね」

「気が進まない?」

「自分に挑戦してきた天才贋作師を取り逃がしたことを知ったら、『何をやっとんじゃ、ボケナスが！』と絶対に怒鳴られます。それがまた、すごい声量なんですよ」

ホームズは憂うつそうに小さく息をつく。

顔を真っ赤にし、恐ろしい剣幕で捲し立てるオーナーの姿が容易に想像できて、俺も顔を引きつらせた。

「それは、ご愁傷様だな。あの時、副住職が呼び止めなければ、捕まえられてたのかもしれないのにな」

そう、副住職がホームズの名を呼んだことで、動きが一瞬止まったんだ。

「いえ、副住職の言う通り、彼は恐るべき身体能力に長けた人間で、それがゆえに類稀な模倣能力を持ち合わせた、『忍』と言っても過言ではない手合いです。追い掛けても無理でしたでしょうね」

「そっか、すげぇ奴もいるもんだな」

「そうですね。今まで出会った中で最悪の贋作師です。ですが、そんな彼も悔い改めて僧になろうとしていたんですよ。それなのに僕の存在がそれを邪魔したのかと思うと、本当に複雑な気持ちですね」と目を伏せるホームズに、少し切なくなった。

そうだよな。ホームズの存在が、そのまま世から消えかけていた、天才贋作師を蘇らせてしまったんだから。

「――まぁ、それでも、僕は僕の仕事をするまでなんですがね。どんな贋作が出てきても、叩き斬ってやるまでです」

スッと顔を上げて、不敵な笑みを浮かべるホームズに、ゾクリと背筋が冷えた。

円生も普通じゃないけど、やっぱりこいつも普通じゃない。

「しかし、お前が突然円生に向かって、扇子を振り落とした時はマジでビビったな。短刀に見えたし、正直、俺の方が腰抜かしたよ。ホームズがあんな武闘派だとは思わなかった」

まるで閃光のようだった。

あの不意の攻撃を見事に受けた、円生もやっぱりすごい奴だ。

「武闘派とは聞こえが悪いですね。小さい時から、体を鍛えろと祖父にうるさく言われていたんです。お陰で今やすっかり、祖父のボディガードですよ。時に治安の良くない国に出向いて、高価な骨董品を買い付けたりもしていますから」

そうか、日本ならさておき、海外で高価な骨董品の買い付けをするとなると、それなりに危険を伴うわけだ。意外と、危険な目に遭ったり、怖い思いもして来たのかもしれない。

そんな中、『深窓の坊』なんて言われたら、カチンと来るよな。あの時の『不本意』全開なホームズの顔を思い出したら、可笑しくなってくる。

「何を笑っているんですか？」

ホームズは横目で一瞥した。

こいつのことだから、考えていることもお見通しなんだろうな。

「いや、悪い。改めて、お前を怒らせないようにしようって思ったわ」

「ええ、ぜひ、怒らせないでください。怒らせたら、扇子で頭へこませますよ」

「ちょっ、冗談に聞こえねぇし」

「冗談じゃないですから」

「って、オイ」

「ところで、秋人さん。今日、この後のご予定は？」

「いや、特にないけど」

「良かったら、『蔵』に寄りませんか？　たくさんお菓子も頂きましたし、コーヒー淹れますよ」

笑みを浮かべるホームズに、嬉しさが湧き上がる。

「おっ、いいな。なぁ、そこで南禅寺の妖怪の話を詳しく聞かせてくれよ。すげぇ気になってたんだ」

「ええ、いいですよ。今日は葵さんもバイトに入ってくれていますし、お二人に南禅寺の妖怪の話を含め、京の町の不思議なお話をしましょう」

ホームズはそう言って少し楽しそうに目を細めた。

「妖怪や不思議な話は歓迎だけど、怖い話はほどほどで頼むな。俺、ガチな怖い話は苦手なんだ」

「ああ、そうだったんですか。一条戻橋《いちじょうもどりばし》という橋の話は、聞いたことがありますよね？

これが、なかなか不気味な話でして、かの安倍晴明が……」

「って、もう始めてんじゃねーよ！」

ムキになって声を上げた俺に、愉しげに笑うホームズ。

通り過ぎる観光客たちも、チラチラこっちを見ては、少し笑っていた。

俺は眉根を寄せたあと、「あっ」と思い出して顔を上げた。

「そうだ、ホームズ。お願いがあったんだ」

「お願い？」

嫌な予感がするのか、露骨に顔をしかめる。

「そんな顔すんなよ。俺の伯母さんが、鑑定と買取をしてくれる業者を探しててよ」

「ああ、そういうお話でしたら、歓迎ですよ」


話しながら、ふわり、と南禅寺境内に涼しい風が吹き抜ける。

彩りはまだまだこれからだけど、すっかり秋風だ。

秋が深まっていくように、この後さらにいろんなことが起こりそうな気がしつつも、色付く境内の美しさに心奪われた、そんな秋の午後だった。

第四章　『秋の夜長に』

1

「葵さん、泊まりで出かけることは、可能ですか？」

「――えっ？」

それはとても静かな土曜日の夕方。

いつものように、骨董品店『蔵』で雑用をしている時のこと。ホームズさんはサラリと、まるでなんでもないことのように尋ねた。

泊まりでお出かけ。それって、一体どういうこと？

まさか、一緒に旅行に行こうと誘ってくれているんだろうか？

ホームズさんが私を誘って旅行に……えっと、どうして？

私が悶々として言葉に詰まっていると、

「すみません、葵さん」

ホームズさんは申し訳なさそうに目を細めた。

「何か誤解をさせてしまったようで」

そう続けられて、「へっ?」声が裏返った。

「実は今度、空き家になったばかりの秋人さんの伯母さんの家に置かれている骨董品の鑑定を、することになったんです。それが、結構な量ということと、秋人さんが『せっかくだから、泊まることにしよう』としつこく言い出しまして。秋人さんと二人きりで夜を過ごすのは、どうも気が進まなく、もし良かったら、葵さんもどうかと思いまして」

「…………」

予想とはかけ離れた事実に、ポカンと立ち尽くしてしまった。

空き家になった秋人さんの親戚の家に泊まることになって、私も誘われたんだ。

うわー、早とちり!

『泊まりで出かける』の言葉から飛躍しすぎた!

そりゃそうだよ、ホームズさんが私を旅行に誘うわけがない。は、恥ずかしい。

でも、ホームズさんと秋人さんとで、お泊まり会をするのは楽しそう。

「葵さんは大丈夫ですか?　来週の土曜日なんですが」

「あ、はい、ぜひ、私も行きたいです」気を取り直して強く頷いた。

「ところで、その秋人さんの親戚のおうちってどこにあるんですか?」

「東福寺《とうふくじ》の近くだという話です。梶原先生のお姉さんの家なんですよ。ご主人が亡くなられたことから、家を売ることにしたそうです。その前に、家の中にある物を売りたいと仰ってまして」

なるほど、ひとり暮らしには一軒家は大きすぎるだろうしね。

それにしても……。

「泊まり込むほど美術品があるんですか？」

「亡くなられたご主人がアンティーク収集家だったようです。自分が亡き後は、売っても構わないと仰っていたそうで。まぁ、泊まり込むほど大変ではないと思うんですが、その日、秋人さんは僕たちと一緒に過ごしたいんだと思いますよ」

「どういうことですか？」

「例の番組の放送第一回目なんです」

ニッコリ微笑むホームズさんに、「ああ！」と手を打った。

「あの、京都を紹介する番組！」

それは、ホームズさんと一緒に観たいと思うのも無理はないかもしれない。

その時、『蔵』店内の固定電話がプルルと鳴った。ホームズさんはスッと子機を取り、

「はい、『蔵』です」と簡単に答える。

「……ええ、家頭清貴は僕ですけど」頷くホームズさん。

私はいつものように掃除の続きをしながら、なんとなく耳を傾けてしまっていた。

「いえいえ、そんな、僕は何も。……ええ、はい」

にこやかな笑みを浮かべている。

「あ、はい。分かりました。それでは、また後ほど。失礼いたします」

ホームズさんはピッと電話を切って、子機を戻した。

一体誰だったんだろう？　お客さんという感じもしなかった。

「秋人さんの事務所の方だったんですよ」

相変わらず、心を読んでサラリと答えてくれる。

「秋人さんの事務所って、芸能事務所ですよね？」

確か、ａｋカンパニーっていう、有名なプロダクションだ。

「ええ、電話をくださったのは、秋人さんのマネージャーさんで」

「秋人さんのマネージャーさんが、どうしてホームズさんに？」

「なんでも、今度放送される第一回目の収録を先にチェックされたそうなんですが、そのできの良さに驚いたそうです。それで、秋人さんに確認したところ、僕の名前を出してくれたそうで。わざわざ、お礼に」

「そうなんですか。すごく律儀な人なんですね」

「ああいった業界の方は、やはり律儀で、きめ細かいものが必要なんだと思いますよ」

なるほど、そういうものなのかもしれない。

タレントさんにしてもテレビでは乱暴に振る舞っていても、楽屋裏では低姿勢で律儀な人がスタッフに好かれて使われるって話を、たまに聞くものね。

「ところで、『また後ほど』って言ってましたよね？　また電話が来るんですか？」

「ええ、秋人さんのことでゆっくり相談したいことがあるから、夜にでも電話しても良いかと言われまして。多分、次の収録の前にも同行してアドバイスをしてやってほしいとか、そんなところだと思うんですが」

「へぇえ、そんなに第一回目のできが良かったんですね。観るのが楽しみですね」

「本当ですね」

二人で顔を見合わせて、ふふふ、と微笑み合った。

2

そうして翌週の土曜日。秋人さんの次の収録現場となる『東福寺』を下見した後に、彼の親戚の家に向かうこととなった。

「秋の東福寺は、絶対に車で行かない方がいいですよ」

運転席に座り、社用車であるジャガーを走らせながら強い口調で言うホームズさん。

「………」助手席に座る私と、後部席に座る秋人さんは無言で顔を見合わせてしまった。

そう、私たちは『蔵』で待ち合わせをして、御池の地下駐車場から東福寺に向かっている途中だった。

「……って、ホームズ、言ってることとやってることが矛盾しててね？」

少し身を乗り出して尋ねた秋人さんに、私も頷いてしまう。

「ええ、もちろん、このまま東福寺に向かうつもりはありませんよ。先日秋人さんの伯母さんがわざわざ『蔵』にきてくださいましてね、家の鍵を貸してくださったんですよ。なので、先に家の方に車を停めさせてもらって、そこから歩いて、東福寺に向かおうと思いまして」

「あー、なるほど、そういうことか」と秋人さんは頷いた。

そんなわけでホームズさんは、まず私たちを東福寺近くで降ろしてくれて、「車を停めましたら、すぐに合流しますので、先に行っててください」と、そのまま秋人さんの伯母さんの家に行ってしまった。

「……なんていうか、やっぱりホームズってスマートだよな。俺ならあのまま、伯母さんの家に車を停めて、みんなで寺に歩いて向かっちまう」

「本当ですね。ホームズさんは、いつも、あのオーナーの付き添いをしているからなのかもですね」

「それ、俺も思ってた。にしても、オーナーの付き人って大変そうだよなぁ」

「自由な方ですからねぇ」

そんな話をしながら、二人で東福寺の門に向かって歩く。

「ところで、葵ちゃんは東福寺、はじめてか？」

確認するように私を見る。こうしていると背も高いし、やっぱりイケメンだ。

（だけど、どうしてだろう、驚くほどにときめかない）

「あ、はい。秋人さんは？」

「俺は小学校の時に来たきりなんだ。だから、細かなところは忘れてるかな。そんじゃ、とりあえず国宝の『三門』を観てようか」

秋人さんはサラリと言って、先頭を切って歩いた。

「国宝の三門って言っても、ぜってー南禅寺の三門には敵わねぇんだろうな」

頭の後ろに手を組んで歩きながら独り言のように話す秋人さん。

南禅寺といえば、今夜、秋人さんの番組で紹介される寺だ。

ホームズさんと下見に行ったことは聞いているけど。

「そんなに、南禅寺の三門はすごかったんですか？」

「ああ、なんか圧倒されたよ。あれ、葵ちゃん、南禅寺に行ったことないんだ？」

「はい、まだないんです」

「あそこは、絶対行くべき。水路閣もすげー良かったし」

「ぜひ、行ってみたいです」

「悪いな、葵ちゃんより先に、ホームズと二人きりで南禅寺に行ったりして」

イタズラな笑みで顔を覗く秋人さんに、カアッと頬が熱くなった。

「な、何を言ってるんですか！」

クックと笑う秋人さんを睨みながら、六波羅《ろくはら》門という入口の門をくぐって境内に入った。

「あそこが三門……」

目の前にそびえる東福寺の『三門』を仰ぐなり、「わあ」と声が漏れる。

暗褐色《あんかっしょく》の屋根に、白い壁のコントラストがとても美しい巨大な門だった。まるで、『ここから先は別世界の入口』とでも言うかのように、横に広く見上げるほど高い。

――圧倒される。この門は、私が今まで見て来た門の中で、一番立派かもしれない。

「す、すごい迫力ですね。南禅寺の三門はこれよりもすごいんですか？」

「まぁ、南禅寺は南禅寺ですごかったんだけど、ここはここですげぇな。でも、どっちかと言えば、南禅寺な気がするけど」

「そうなんですか！　南禅寺もすごいんですね」

秋人さんはスマホを手に『すごい、すごい』と言って、写真を撮り続け、私は少し離れたところで三門を眺めていた。その時、

「――お待たせしました。って、まだ、ここにいらしてたんですね」

背後でホームズさんの声がして、私たちは振り返った。

「おう、ホームズ。南禅寺も立派だけど、ここの三門もすげぇな」

秋人さんはそう言って、慣れ慣れしくホームズさんの肩に手をまわした。

「ここの三門は日本最古のものと言われていまして、国宝に指定されていますからね」

いつものように教えてくれながら、

「この腕はいりませんね」

ホームズさんは、その腕を軽く払った。

「あっ、ひでぇ」その姿に、思わず笑ってしまう。

「ったく、冷てぇな」

秋人さんは面白くなさそうにブツブツ言った後、

「なぁ、それじゃあ、この三門は、南禅寺よりすげぇのかな」

気を取り直した様子で、巨大な門を仰いだ。

「……どちらがすごいかは個人の好みになりますが、『京都三大門』と言われるのは南禅寺、知恩院、東本願寺の門で、東福寺のこの三門は残念ながら入ってないんですよね」

そう話すホームズさんに、「マジで?」と驚く秋人さんに続き、私も「へぇえ」と感心の声を上げてしまう。

「ですが、やはりすべては自分の心が決めることですし、優劣なんかではなく、それぞれに素晴らしいと僕は思っていますね」

ホームズさんは胸に手を当てて、柔らかく微笑んだ。

その言葉に少し感動してしまった。

確かに格式だったり、人気スポットだったりと、いろいろあるのかもしれないけど、すべては『自分が、どこが好きか』なんだ。

それにホームズさんの言う通り、たくさんの神社仏閣を見てきたけど、優劣なんかじゃなく、それぞれに素晴らしいと確かに思う。

「……なるほど、女の子もそうだよな。好みはいろいろあるけど、それぞれにイイッていうか」ウンウンと頷く秋人さんに、絶句してしまう。

まったく、この人は……。

「さぁ、行きましょうか」スルーして歩き出すホームズさんに、私はクスクスと笑いをながら「はい」と、その後を急いだ。

「ちょ、待ってくれよ」

慌てて私たちの後を追い掛けて来た秋人さんとともに、そのまま本堂に向かう。

「東福寺の創建者は『九条道家』でして、奈良の東大寺のように大きく、興福寺のように盛大を極めた寺に、という想いから、その二大寺より一字ずつをとって『東福寺』という名をつけたそうです。何度も火災の被害に遭いながらも、こうして再興している。人々に愛されし寺院と言えるのかもしれません」

そんなホームズさんの説明を聞きながら、本堂の金色の美しい本尊釈迦三尊像に手を合わせ、天井の蒼龍図を眺め、そのまま、東福寺最大の見どころと言われる『通天橋』へと向かった。

「つうてんばし、楽しみにしてたんだよな」

小冊子を手にワクワクした様子で言う秋人さんに、

「『つうてんきょう』ですよ。テレビで紹介する時は気を付けてくださいね」

ピシャリと言うホームズさん。

ちょうど紅葉の季節ということで、なかなかの賑わいだった。

正直言って私は、それほどの期待もせずに、その橋に足を踏み入れた。

渓谷に架けられた『通天橋』は、思った以上に高さがある。木材で組まれた趣のある橋廊。それは、まさに紅葉の中を通る空中観察路だった。

真っ赤な紅葉に包まれた、通路。

色鮮やかな紅。その美しさに——言葉が出ない。

遥か下を流れる川にも紅葉が流れていて、その光景はまるで奇跡のようだ。

川に流れる、赤い紅葉。

——そうだ、思い出した。

この寺は、和泉さんとホームズさんの思い出の場所なんだ。

ここから和泉さんは、川に流れる紅葉の美しさに感激して、

『ちはやぶる　神代もきかず　竜田川……』と在原業平の歌の上の句を詠んで、下の句を忘れて言葉に詰まっていたところに、

『からくれないに　水くるとは』と、サラリと続きを詠んだホームズさん。

うん、それは、好きになっちゃうよね。

こんな素敵な場所でホームズさんみたいな人に、下の句を詠まれたりしたら、射貫かれちゃうだろう。

「……ちはやぶる　神代もきかず竜田川　からくれないに　水くるとは……」

紅葉が流れて、赤く染まる川を見下ろしながらポツリと漏らした私に、

「在原業平ですね」ホームズさんが背後から優しく声をかけてきた。

肩がギクリと震えてしまう。

在原業平がどうのというんじゃなく、これはホームズさんと和泉さんのなれそめの歌。

それを思い出して、つい漏らしてしまったことを聞かれてしまった。

鋭いホームズさんだもの、私が和泉さんとのことを思い出して口にしたことに気付いたよね？

どうしよう、嫌な気持ちになってしまったかもしれない。

「え、えっと、ごめんなさい。つい、思い出して」

正直に告げて肩をすくめた私に、ホームズさんはふふと笑った。

「大丈夫ですよ。お気遣いありがとうございます」

……そうか、ホームズさんにとって、かなり前の話だものね。

過敏になる必要もなかったかな。

「在原業平なら、僕にはもっと好きな歌があるんですよ」

「へっ？」

いつものごとく、思いもしない返しに、間抜けな声が出た。

「『きみにより　思ひならひぬ世の中の　人はこれをや　恋といふらむ』という歌です」

このくらいなら、私にも読み取れる。ええと……。

――君によって想いを知った。人はこれを『恋』というのだろうか？

それは、ときめくような恋の歌。

「この歌をホームズさんは好きなんですか？」

意外さに戸惑いの目を向けると、ホームズさんは小さく頷いた。

「ええ、憧れているんですよ。いつか、こんな想いを僕もしてみたいと思うんですが……きっと、無理でしょうね」

手すりに右手をついて遠くを眺めながら、まるで独り言のように呟いた。

憂いの瞳。その姿に、胸がズキンと痛んだ。

なんとなく、分かってしまった。

和泉さんへの想いは、すべて清算したかもしれない。

だけど、裏切られてしまったショックは、ホームズさんの中で、今もトラウマのように残ってしまっているんだ。

人を見抜くことを得手としていたホームズさんにとって、自分の彼女が他の男に揺れて、そのまま寝取られてしまったというのは、大変な衝撃だったに違いない。

ショックと嫉妬と悔しさで、出家して鞍馬の山にでも入ろうかと思ったほどだって言っていたくらいだし。

本当に自尊心がズタズタになってしまったのだろう。

そうして——今のホームズさんは、『恋をする』ということに拒否反応をしてしまっているのかもしれない。

「……分かる気がします」

「えっ？」

「私も……克実のことは吹っ切れたんですけど、やっぱり傷は残っている気がするんです。次の恋をすることに臆病になっている気がして」

ホームズさんの言葉で、ようやく自分のことが分かった。

たとえドキドキしても、次に気持ちが進まないのは、ストッパーが働いているんだ。

もう傷付きたくはないから。

「……お互い、傷がちゃんと癒えるといいですよね」

そっと視線を合わせると、ホームズさんは少し驚いたように目を開いた後、

「……ほんまやね」静かにそう告げた。

切なさを含んだ響きに、胸が痛む。

そのまま私たちは無言で、川に流れる真っ赤な紅葉を眺めた。

——目頭まで熱いのは、きっと、美しすぎる紅葉のせいだ。

「おー、葵ちゃん、もしかして紅葉に感動したか？　目に涙浮かべて」

楽しげに歩み寄って来る秋人さんに、慌てて手の甲で目を擦った。

「は、はい。この景色に感動しちゃって……。もし友達が秋の京都に来ることになったら、絶対に東福寺には行くように伝えたいって、思いました」

心からそう告げた私に、秋人さんは感心したように「へえ」と腕を組んだ。

「……『もし友達が秋の京都に来ることになったら、絶対に東福寺には行くように伝えたい』か。いいね、それ頂いていいかな」

「え？　はあ、どうぞ」

私が頷くなり、秋人さんはすぐにポケットからスマホを取り出して、メモをしていた。

どうやら、今度の収録の時に、今の言葉を使ってくれるらしい。

なんだかんだ言って、熱心というか。

今の仕事に、賭けていることが、伝わってきた。

しばし通天橋からの眺めを楽しんだ後、方丈の石庭を観に行って、私たちは東福寺を後にした。

3

秋人さんの親戚の家は、東福寺から歩いて数分のところにあるとのことだった。

「そういや俺、伯母さん家に行くのは子どもの頃以来だなぁ」

歩きながらシミジミと言う秋人さん。

「どんなおうちなんですか？」

「洋館風の家だよ」

「ホームズさん家みたいな？」

「あんなすげー家じゃなくて、こぢんまりした普通の洋館。ちょうど、そこの角を曲がったところなんだ」

角を曲がって、その洋館を見て言葉を失った。

たしかに、大きさとしては『こぢんまり』とした洋館かもしれない。だけど、その洋館は壁がほとんど見えないほどに、蔦が絡んでいて、どう見ても『普通』とは言えない。

「えっと、秋人さん、あの洋館ですよね？」

「あ、ああ、多分。ホームズの車も置いてあるし」

確かに家の前には、家頭家のジャガーが停まっている。

「多分ってどういうことですか？　自分の伯母さん家ですよね？」

小首を傾げて尋ねると、秋人さんは顔を引きつらせた。

「いや、昔はあんなに蔦が絡んでなかったから、マジでビビッた。あの家、絶対近所の子どもたちに『お化け屋敷』って言われてるよな」

「趣があって素敵じゃないですか。蔦が絡む家の壁は直接日光が当たらなくなり、夏の温度上昇を軽減してくれる効果があるんですよ」

ホームズさんはそう言って、内ポケットから家の鍵を取り出した。

秋人さんの伯母さんから事前に預かっていたという鍵だ。

「あの、この家は、ガスとか水道とかはまだ機能しているんですか?」

「ええ、十日前まで住まわれていたそうで、まだ荷物もありますし、今月いっぱいはガスも水道も使えるとのことです」

カチャリと家のドアを開ける。

少し広めの玄関は薄暗く、中の様子が分からない。

ホームズさんはすぐに天井近くに設置されているブレーカーを上げ、玄関の照明を点けた。パッと明るくなると同時に、靴棚の上にズラリと並んだ三体のアンティークドールにギョッとしてしまった。

「わっ、ビックリした」

「あ、ああ、俺も驚いた、人形かよ」

「……これはこれは、『ジュモー』のビスクドールですね」

金髪に青い瞳、陶器の肌に、真っ赤なドレス。

すぐに黒い手袋をつけるホームズさん。弾んだ口調から、興奮していることが分かった。

「ジュモー?」

「フランスの有名な工房の名ですよ。無造作に玄関に置かれていることに驚きましたが、大事に扱われていて、とても状態が良いです」

ポケットから手帳を出して、サラサラとメモを取り始めた。買取の金額を書きこんでいくんだろう。そっと覗くと、『玄関のビスクドール赤いドレス百五十万』と書き込んでいて、ギョッとしてしまった。

「ひゃ、百五十万ですか？」

「ええ、一八五〇年代後半に作られたものと思われます」

「な、なあ、それじゃあ、他のふたつも百五十万なのか？」

嬉々として身を乗り出した秋人さんに、ホームズさんは首を振った。

「いえ、隣の二体はレプリカなので、二体で三万くらいでしょうか」

「なぁんだ、これがたまたまのお宝だったわけだな」

「そうはいっても、思った以上にこの家にはお宝が眠っていそうですね」

ホームズさんはイキイキと目を輝かせながら、玄関から家の中を眺めた。

そう、この家は『古い物』でひしめき合っている。

壁にはたくさんの絵画、アンティークなチェストに、その上には陶器の花瓶。

小さなシャンデリア。

家主がない今、アンティークたちの住まいという感じがした。

「僕は片っ端から鑑定をしていきますので、お二人は過ごしやすいように部屋を整えておいてください」

強い口調でそう告げたホームズさんに、私たちは「はい！」と声を揃えた。

とは言っても、物が多いだけで、部屋は綺麗に片付いていた。

これは私が得意とする、埃を取る仕事くらいのものだろうか？

まず、換気をしようとリビングの窓を開けると、決して広くはないけれど、菜園が楽しめる程度の庭があった。

わあ、庭だ。いいな、埼玉に住んでいた時はマンションだったし、今の家には玄関前に駐車場がかろうじてあるだけで、庭なんてないから。外壁に蔦が絡まりまくっているのは、手入れが大変そうで敬遠しちゃうけど、これくらいの大きさの洋館で、このくらいのお庭があるって素敵。小さいけれど、自分だけのお城って感じで。

私もいつか結婚とかしたら、こんな家に……と妄想を膨らませた瞬間、ホームズさんの姿が頭に浮かび、ぶんぶんと首を振った。

すると、秋人さんが「なー、ホームズ」と声を上げた。

「リビングを片付けろって言うけど、十分綺麗だぜ？」

「それでしたら、庭の草むしりをしてください」

「は、はぁ？　なんで草むしりまで」

「家主の許可が取れましたので、今夜は庭でバーベキューをしたいと思いまして」

手帳を手にニコリと微笑むホームズさんに、私たちは「わあ」と声を揃えた。

「マジで、バーベキュー？　よっしゃ、庭はまかせろ！」

サルのようにウキャウキャとはしゃいで、秋人さんは玄関に走った。

いい大人の秋人さんがあんなにはしゃいでいるって。

まあ、割といつものことだけど。

「車のトランクにいろいろ入ってますので、庭が整ったら準備をはじめていてくださいね」

「おう」

素直に声を上げる秋人さん。

なんだか、可愛くて笑ってしまう。

「葵さんは、僕の鑑定のお手伝いをしてもらっても良いでしょうか？　思った以上にお宝がありそうなので」

「あ、はい」

ホームズさんはバッグの中からレポート用紙が挟まっているバインダーを取り出して、スッと私に差し出した。

「申し訳ありませんが、記入をお願いします」

「はい、了解しました」しっかりとペンを手にして頷く。

「それでは、いきますね」ホームズさんは手袋をつけたままの手で、チェストの上のアンティークランプに触れた。

「これは、フランスのミュラーという工房の作品になります。いくつもの層にガラスを重ねてグラデーションとなっていまして、ブロンズの台座のデザインも素晴らしいです」

熱っぽくそう言うホームズさんに、私も百合のような形のアンティークランプをジッと見詰めた。

「すごく素敵ですね」

相変わらず、乏しい語彙。でも、素直な感想だ。

まるでフランスの趣のあるホテルに置いてありそうなランプ。

「アンティークランプ、ミュラー、三十万と書いていただけますか？」

「は、はい」

さ、三十万もするんだ。ある程度慣れたとはいえ、やっぱり驚いてしまう。

「隣のランプは、デザインは素敵ですが、現代の品でアンティークとしての価値はありませんね。きっと秋人さんの伯父さんは、価値のあるアンティークをコレクションしたかったわけではなく、ご自分が惹かれた品を揃えていったのでしょう。それはとても素晴らしいことだと、僕は思います」

そう、さっきの神社仏閣の話にも通じるのかもしれないけど、世の中には格式や肩書、『高いからイイ物』という風潮がある。だけど、そうしたものにとらわれずに、自分自身が心惹かれた物を手に取るというのは、素敵なことだと思う。

「『蔵』は基本的に、東洋の古美術が多いから、西洋のアンティークを鑑定していくのって、なんだか新鮮ですね」

「そうですね。僕自身、オーナーの影響もありまして、西洋アンティークは専門とは言えませんし」

「あ、やっぱりそうなんですか？」

「ええ、何より『西洋絵画』。あれはとても難しいです」

小物を手に取りながらそう言う。

「ホームズさんでも、苦手分野があったんですね」心からそう告げた。

「それはもちろん。壺や茶碗という三次元のものになればなるほどに、贋作は分かりやすくなります。ニセモノが放つラインが見えやすいので。二次元のものでも、日本画や書は昔からずっと本物だけを観てきたので、ある程度ニセモノの匂いを嗅ぎつけられます。

しかし、西洋絵画となると、僕も経験が浅いうえに、敵もさるものでしてね。……円生があの時、西洋絵画で仕掛けてきたなら、僕は見抜けたかどうか」

独り言のように漏らしたホームズさんに、ドキンと鼓動が跳ねた。

南禅寺で出会った天才贋作師・円生の話は私も聞いていた。

彼はまた必ずホームズさんに挑戦してくるだろう。

「もっと、僕も勉強しなくてはなりませんね」

静かにそう告げたホームズさんに、何も言えなかった。

口調は穏やかなのに、とても迫力を感じてしまって。ホームズさんが、あの贋作師になんとしても負けたくはないと思っていることが、伝わって来た。

「……ところで葵さん」

「はい？」

「僕は『深窓の坊ちゃん』に見えますか？」

真顔で尋ねるホームズさん。予想もしない質問に「はい？」と声が裏返る。

そんな私たちの会話が聞こえたのか、庭で草刈りをしていた秋人さんが「ブッ」と吹き出していた。

「いえ、なんでもないです、失礼しました。次はコペンハーゲンの置き物ですが」

「あ、はい」

一体なんなんだろう？

4

「いやぁ、ホームズ、あん時、副住職に言われたことをまだ気にしてたんだな」

整った庭に、長方形の七輪が置かれて、パチパチと炭火が音を立てている。

すっかり暗くなった秋の空。ホームズさんが持参したランプが庭を照らしていた。

私はキャンプ用チェアに座って、少しワクワクしながらジュースを受け取り、秋人さんは缶ビールを開けて、愉快そうに笑いながらホームズさんを指差していた。

「人を指差すのは、やめていただけないでしょうか」

ホームズさんは表情を変えずに、保存容器から肉を取り出して丁寧に網の上に乗せる。

そんなホームズさんが持参した保存容器は五つ。和牛に、イベリコ豚、ハーブに漬け込んだ鶏肉、野菜に、最後のひとつは……。

「おにぎりも作って来ましたので、もし良かったら」

保存容器を手に、ニコリと微笑むその完璧な様に、顔が引きつってしまう。

「ホームズ、女子力高ぇなぁ」

シミジミと言う秋人さん。本当に激しく同感だ。

「女子じゃありませんけどね」

「ああ、『深窓の坊ちゃん』だったな」

ギャハハと笑う秋人さんに、ホームズさんは珍しく露骨に顔をしかめた。

珍しいとは言っても、秋人さんに対しては、割と見せている顔かもしれないけど。

「ところで、その『深窓の坊ちゃん』って？」と小首を傾げた私に、

「おお、よく聞いてくれた、葵ちゃん」秋人さんは必要以上に身を乗り出した。

「この前の南禅寺で、逃げた贋作師を追おうとした時に、コイツ、副住職に『深窓の坊の手に負える相手ではありません』って言われたんだよ。あん時の、不本意そうな笑顔、今思い出しても笑える」

クックと笑う秋人さんに、ホームズさんは心底面白くなさそうに息をついた。

「ええ、不本意ですね。僕はあの唯我独尊な祖父と、人は良いけれど超マイペースな父に囲まれて、二人の世話をしつつ、家や店の管理をして、時に調理師、運転手、荷物持ち、ボディガード、翻訳家、小間使いとこき使われているんですよ。……そんな深窓の坊はおらんで、ほんま」

ジュウウウと肉を焼きながら、黒い素が滲み出ていて、私と秋人さんは蒼白した。

「ま、まぁ、副住職もホームズさんがそんな苦労してるって知らないからですよ」

宥めるように手をかざすと、

「いえ、本当は分かっているんです。僕は円生に比べて、温室育ちの坊ちゃんなんです。それを見抜かれていたことが、なんだか悔しいんですよ」

彼に会ってから、きっといろいろ思うことがあったんだろう。

あの時の勝負は、ホームズさんの勝ちに違いないけれど、その勝利は私たちが思う以上に、危ういものだったのかもしれない。

「円生さんって、どんな人生を歩んできたんでしょうね？」

「……そう、ですね。彼の容姿は一見して口元が左に上がっていました。それは、少し気持ちが不安定で、感情の起伏も激しいタイプにありがちです。しかし目はしっかりと合わせてよどみなく話していたので、自信はある人間であることが分かりました。

気持ちが不安定なのは幼少期の経験から、持っている自信は自らの才能がさせていることだと思います。

そしてあの模倣癖。彼はいつも、人の目を気にして生きてきたのかもしれません。そうしたことから、多分彼は恵まれない幼少期を過ごす中、自分の才能を活かしてどんなことでもやって生きてきたタイプなのではないかと思います」

サラサラとそう話すホームズさん。

「そして、一般人がいきなり贋作に走るのは考えにくいので、彼の近い身内……多分ですが、父親あたりが絵を描く人間だったのでは、と思われます。その影響で円生も美術の道に走り、彼の才能に気付き、贋作を勧めたのは、その父親。ですが贋作を極めたあと出家を考えたということは、もう身を寄せる親族もいないか、絶縁状態なのではないかと……」

そこまで話したホームズさんに、私たちは絶句してしまった。

相変わらず、すごすぎる。

「……どうかしました？」

不思議そうに私たちを見る。

「いや、やっぱりお前は『ホームズ』だな」

呆然としながら告げた秋人さんに、「たしかに」と思わず笑ってしまった。

5

その後、おにぎりを頬張りつつ、美味しく焼けた肉を食べて、火を囲みながら、あれこれと他愛もない話をし、ワイワイと楽しい時間を過ごした。

そうして、二十二時五十分。

片付けを終えた私たちは、いそいそとテレビの前に集った。

五十五分から、秋人さんの京都を紹介する番組がスタートするからだ。

テレビの前に体育座りで、流れるＣＭを眺めながら、ドキドキと鼓動が鳴る。

自分のことじゃないのに、すっごくドキドキする！

知り合いがテレビに出るのを観るなんて、はじめてだし。

「な、なんだか緊張しますね」

「バ、バカ、俺の方が緊張してるし」

声を裏返しながら勢いよくこちらを見た秋人さんに、身体がビクついてしまう。

プッと笑うホームズさん。

「ですが秋人さん、テレビに映るのは初めてじゃないんですよね？」

「はじめてじゃねーけど、いつもチラッとだし、自分がメインなのは初めてなんだよ」

その時、画面が切り替わり、音楽とともに紅葉が映し出された。

「……クラシックをジャズ風にしたＢＧＭ。素敵ですね」

「だ、だろ」得意げながらも、緊張しているのかぎこちなく頷いた。

馴染みのある音楽が流れる中、カメラは美しく彩る紅葉を映し、ゆっくりと南禅寺の三門へとカメラを移動させた。

門の前には、着物姿の秋人さん。ダークグレーの着物が、すごくシックでイケメン度が増して見える上、チャラさが感じられない。

「わ、わぁ、秋人さん、着物だ！　似合いますね」

思わず声を上げた私に、秋人さんは照れたように笑った。

「ま、まぁ、第一回目だしな」

『……南禅寺。日本のすべての禅寺の中で、もっとも高い格式を持つお寺です。僕はこの巨大な門を前にした時に、言葉では表せない雰囲気に圧倒されました。また、秋は格別ですね。観てください、見事な紅葉です』

紅葉を見上げつつ、上品に微笑む秋人さん。

そうして、三門の楼上に上がり、京都の町と紅葉が画面いっぱいに広がった。

映像がとても綺麗で、素人目にもカメラワークが上手いと感じさせる。

『さて、この三門ですが、歌舞伎の演目で石川五右衛門が絶景かな、絶景かなと言っていることでも知られていますが、実際にこの門が建てられたのは、石川五右衛門が亡くなった後。それでも、ここを舞台にしたのは、京の人々はここからの景色に壮大なロマンを感じていたからではないでしょうか』と景色を見下ろしながら熱っぽく語る秋人さん。

『この、明治の偉業である水路閣は……』

今度は水路閣の美しさについて説明し、そして最後に、

『かつて南禅寺は妖怪が出たことで知られる寺でした。妖怪の変に頭を悩ませた当時の天皇は、東福寺の無関普門《むかんふもん》禅師になんとか退治してほしいとお願いしたそうです。

禅師はこの南禅寺にきて、東福寺で行うことと変わらない日常を送っていたことで、妖《あやかし》たちは姿を消したと言います。妖は徳には勝てないと言った彼の言葉は、まさにその通りだったのでしょう。次回は、その東福寺をご案内したいと思います』

ニコリと微笑む秋人さんの姿が映され、カメラは引きの映像になっていき、流れる音楽の中、番組が終わっていく。

映像が胸に迫るほどに、とても綺麗で……。秋人さんもすごく素敵だった。

あそこに行ってみたいと思わせられて、まんまホームズさんの真似だよね？

……けど、あれって、まんまホームズさんの真似だよね？

ＣＭに切り替わるなり、私たちは思わず顔を見合わせた。

「……秋人さん、まんまホームズさんの真似をしましたね」

「秋人さん、あそこまで自分を偽ってしまえば、後々、苦しくなってきますよ」

そう続けたホームズさんに、秋人さんは真っ赤になって勢いよく立ち上がった。

「く、苦しくなんてなんねーよ！　あれは、あの番組に合わせた役者としての演出だ！」

「役者としての演出。……なかなか、上手いことを言いますね」

クスリと意味深に笑うホームズさん。

「なんなら、ホームズさんが出ちゃえばいいのに。秋人さんに負けないくらいイケメンなんですし」

「お、おい、葵ちゃん！」

「いえ、僕はテレビの仕事には興味がないんですよ。祖父の騒動を通して、テレビの世界は向いてないと感じましたし、あまり表に出たいタイプでもないので」

なるほど、この察しの良い人は、オーナーを通してテレビの世界に触れて、すぐに自分には向いていないことを感じ取ったのかもしれない。

「あー、緊張してたからトイレ行きたくなった。トイレトイレ、っと」

秋人さんは、体を伸ばしながらリビングを後にした。

……トイレ、トイレって。一応イケメン俳優なのに。

秋人さんがトイレに向かってしばらくして、パッと照明が消えて部屋が暗くなった。

「えっ？」

暗いどころじゃない。遮光カーテンの効果なのか、闇ともいえるほどに真っ暗だ。

「どうやら、停電になったようですね」

真っ暗な中、冷静にそう言うホームズさん。

「て、停電ですか。そんなに電気使いました？」

「どうなんでしょうね。バーベキューの時に使っていたランタンがあって良かった」

ホームズさんは床に置いていた乾電池式ランタンランプを手にし、ポッと灯りをつけた。

次の瞬間、廊下から、

「ぎゃあああああああああ」

絹を裂くような悲鳴……どころじゃない、秋人さんの絶叫が響き渡った。

バンッと乱暴にリビングの扉が開いて、

「た、大変だ！」

秋人さんが目を剥いて飛び込んできた。

「停電くらいで大袈裟ですね」呆れたように息をつく。

「でも、空き家でトイレに行ってて、急に真っ暗になったら驚くのも無理ないかもです」

「ち、違う、違うんだ！　トイレから出た後、通路の先から人形が歩いてこっちに来たんだよ。ケタケタと笑いながら」

喉の奥から絞り出すように言う秋人さんに、少しゾクリとしてしまった。

「に、人形が？」

思わず顔を見合わせる私とホームズさん。

「怖い怖いと思っていると、柳の葉でも幽霊に見えてくるものですよ。きっと急に停電になった恐怖心から、人形がケタケタと笑いながら歩いているように見えたのでしょう」

「い、いや、そんなわけねーだろ。柳の葉が幽霊に見えるのとはわけが違うし！　なんなら、見てきてみろよ」

「いえ、どうせならトイレに行きたくなった時に、ついでに行こうと思います」

「っていうか、マジであれはなんだったのか、気になってるんだよ」

「ですから、後で見に行きますよ」

「いや、今見てきてください、お願いします、ホームズさん。ホームズ禅師」

まるで取り合わないホームズさんに、秋人さんは床に膝をついてパンッと手を合わせた。

「いえ、禅師じゃなく、僕は深窓の坊ちゃんですから」

笑顔を浮かべてそんなことを言う。

秋人さんに対してはいつにも増して、『腹黒・いけず京男子』全開だ。

だけど、こんな話をしていたら……。

「あ、あの……、私も、お手洗いに行きたくなってきちゃいました……」

ひどく恥ずかしいけど、こうなった以上、ひとりは怖い。

いたたまれなさに俯きながら小声で告げると、

「分かりました。では、見てきますので、秋人さんはここにいてくださいね」

ホームズさんはランタンを手に立ち上がった。

「あ、おい、ランタン持っていくのかよ？」

「当たり前じゃないですか。ついでにブレーカーも確認してきますから、待っていてください」

「お、おう」

「秋人さん、大丈夫ですよ。怖くない、怖くないです」

ポンポンッ、と秋人さんの背中を叩くホームズさん。

「……あ、ああ」

どこか茶化すように励まされて、とても複雑そうな顔を浮かべる秋人さんに思わず笑ってしまう。

「それでは、行きましょう、葵さん」

「は、はい」ホームズさんとともにリビングを出た。廊下は窓からの月明かりが差し込まれていることで、リビングより明るく、少しホッとした。

「ブレーカーには異常はないですね。電線の関係でしょうか」

廊下に出て、ホームズさんは玄関上のブレーカーを確認しながらそう言った。

「そうですか……」

ふと、廊下の先に目を向けて、人形があることに体がビクついた。

「ホ、ホームズさん、人形があそこに！」

秋人さんの言っていたことは本当だったのかも！

「………」

ホームズさんは無言でその人形を手に取った。『福助』の顔をしている、男の子の人形だ。

「ああ、これは『からくり人形』ですよ」

「か、からくり人形？」

「ええ、ですから、動いても不思議はないんですよ。だから怖がらなくても大丈夫なので、ゆっくり用を足してきてください。ここで待っていますから」と優しい微笑みを見せる。

からくり人形だから、動いても不思議はないのかもしれないけど、どうして、いきなり動き出したわけ？

　当然、そんな疑問が浮かんだけれど、今はあまり考えないでおこうと思った。

「そ、それじゃあ、すみません。行ってきます」と、会釈をして、洗面所横の個室のトイレに入ろうとすると、

「どうぞ。暗いと怖いでしょう」とランタンを差し出してくれた。

「あ、ありがとうございます」

　やっぱり、ホームズさんは優しい。

　ランタンを手に、トイレに入って落ち着かない気持ちの中、用を足して、洗面所で手を洗った。

「――すみません、ありがとうございました」

「では、戻りましょうか」

　ホームズさんがランタンを受け取ったその時、

「ぎゃあああああああああああああ」

　再び、秋人さんの絶叫が響いた。

　また、何かが起こったんだろうか？

「ホームズさん……」身体が強張る中、

「まったく、あの人は……サスペンスドラマのお仕事に向いてるかもしれませんね」

　呆れたように言うホームズさんに、少し力が抜ける。恐怖感が和らぐ気がした。

「……秋人さん、どうしました？」

リビングの扉を開けると、大きなぬいぐるみにしがみついている秋人さんの姿があった。

「……本当に、どうされました？」

「で、で、出たんだよ！　白い女の影が！　フワーッて出て、スッと消えたんだ」

泣き声に近い声を上げる秋人さん。

「え、ええ？　本当に出たんですか？」

「ああ、白い影が！　二人がいなくなった後に！」

――ん？

何か違和感を覚えたその時、二階からドタバタと足音が響き、秋人さんはまた絶叫し、私もギョッとしてしまった。

ど、どうして、誰もいない二階から足音が聞こえるわけ？

やっぱり、お化け屋敷になっちゃってるんだ、ここ！

そう思うも『怖い』と感じる前に、

「怖がらなくても、大丈夫ですよ」

すぐに耳元で囁いてくれたホームズさんに、ドキッとしてしまう。

――って、あれ？　やっぱり、何かがおかしい。

「な、なんか、これってておかしいですよ」

声を上げた私に、二人は少し驚いたようにこちらを見た。

「お、おかしいのは、分かってるよ！　魑魅魍魎《ちみもうりょう》ウジャウジャじゃねーか！」

声を裏返しながらそう言う秋人さん。

「い、いえ、そうじゃなくて。秋人さんの番組が終わった後、トイレに行った途端に停電になって、秋人さんが通路に出た頃合いにからくり人形が動き出して……私とホームズさんが通路に出ている時に、リビングに白い影が出るって……」

まるで、秋人さんを怖がらせて、私には怖いものを一切見せなくさせているような。

「これって、心霊現象じゃないと思います」

「し、心霊現象じゃねーなら、なんなんだよ！」

荒らげる秋人さん。余裕のなさが窺えられた。

こんなことをできる人は……この人だけだ。

ゴクリと息を呑んで、振り返ってホームズさんを見据えた。

「……この怪奇現象の犯人は、ホームズさん、あなたですよね？」

強い口調で告げた私。

リビングにシンとした静けさが襲った。

少しの間訪れた沈黙。

それを破ったのは、秋人さんだった。

「な、何言ってるんだよ、葵ちゃん。ホームズが心霊現象を起こせるわけがないだろ？」

「え、ええ。どうやっているのかは分からないんですが、でも、ホームズさんなら可能なんです」

私はしっかりとホームズさんを見詰めた。平静な様子のホームズさん。その表情からは、何を考えているのか読み取ることができない。

事前に家主さんから預かっていた鍵。先に訪れることも可能で……。

何より、ここで起こった心霊現象を『私には見せない』ようにしてくれていた。

それは私を怖がらせないためのもので……。

「でも、どうしてそんなことをすんだよ」

悲痛な声を上げる秋人さん。

そう――そうなんだ。どうして、こんなことを？

すると、ホームズさんはクスリと笑って、パチパチと拍手をした。

「葵さん、お見事です。そして僕も詰めが甘いですね。というか、女の子がこの中にいるとなると、やはり冷酷にはなれなくてボロが出てしまいました」

やっぱり、この心霊現象はホームズさんの仕業だったんだ。

「な、なんだよ、マジかよ、ホームズ。どうしてこんなことを？　そんなに俺のことを嫌ってたのかよ？」と秋人さんは涙目を見せた。

いろいろとお気の毒すぎる。

「いえ、そんな。あなたのことを嫌《きら》って嫌《いや》がらせをするとしたら、こんな面倒くさい方法なんて取りませんよ。もっとお手軽に、腹黒くひどくエグイ形を取らせていただきます。今回のことは僕の仕業ではありますが、主犯ではありません」

サラリと言う。密かにひどい言葉が紛れ込んでる。

それはさておき、ホームズさんの仕業だけど、主犯ではない？

「え、じゃあ、黒幕がいるってことですか？」

「はい、そうです。ある方に頼まれてやっているんです」

……ある方に頼まれて？

その瞬間、ハッとした。

そうだ、あの時、『蔵』にかかってきた電話。

また、後ほどかけ直すと言っていたその相手は……。

「もしかして、黒幕って、秋人さんのマネージャーさんですか？」

静かに尋ねた私に、ホームズさんはコクリと頷いた。

「――ええ、そうです。あの日、彼は僕にこう言ったんですよ。

『あの番組の秋人は素晴らしかったけれど、誰かの真似にすぎず、彼の個性がまったく出ていなかった。ただ、あの番組には、合っていたと思う。それでも、あの品行方正な男が秋人だと視聴者に思い込まれるのは、後々必ず苦しくなってくると思う。

そこで、秋人の本性を視聴者に届けたい。あの番組で、上品に京都を紹介している梶原秋人は、実はこんな奴だ、というのをお茶の間に届けたいから、協力してほしい』そう、頼まれたんです」

真相を語るホームズさんに、私たちはゴクリと息を呑んだ。

「え、それって……もしかして……」

「まさか、だよな？」

思わず部屋を見回してしまう私と秋人さん。

「ええ、お察しの通り、これはテレビの『ドッキリ』です。ちなみに年末の特番で使っていただけるとか。あ、僕たち素人の顔は隠してくれるそうなので、問題ないですよ」

なんでもないことのように言うホームズさんに、私たちはあんぐりと口を開いた。

「な、なんだよ、それじゃあ、俺の情けない姿がさらされるってことか？」

ギョッとする秋人さんに、ホームズさんはコクリと頷いた。

「ええ、あの絶叫はなかなかのものだったので、新たな仕事が増えるかもしれませんね」

「それじゃあ、スタッフがどこかで待機していたりするんですか？」

私はハッとして部屋を見回した。

「いえ、まだ駆け出しの秋人さんにそんなお金をかけられないとかで、事前に仕掛けをしたのと、隠しカメラ設置のみです。あとは僕があれこれと操作したくらいで」

「ふ、ふーん」

秋人さんは『そんなにお金をかけられない』ということに少し面白くなさそうだったけれど、安心しきった様子でドッカリとソファーに腰を下ろした。

「あー、でも、マジでホッとした。もう、ネタバレしたから仕掛けねーんだろ？」

「ええ、実は人形が天井から落ちてくる仕掛けや、子どもの泣き声の音声なども用意していたんですが、もうネタバレしてしまったので出せず仕舞いです。

少し心残りですが、なかなかのリアクションを見せてくれたので、マネージャーさんも満足してくれると思いますよ。良いパートナーをお持ちですね」

ホームズさんは柔らかな笑みを見せた。

「ま、まーな」

その瞬間、ゴーン、ゴーン、と鐘の音が響き渡り、私たちは体をビクつかせた。

「って、ホームズ、もう仕掛けはやめろよ！」

「本当ですよ」

ムキになって声を上げる私たちに、ホームズさんは首を振った。

「いえ、これは僕がやっていることではありません」

「え、ええっ？」

私と秋人さんが声を揃えたその時、

「これは、東福寺の『深夜の送り鐘』ですよ」とホームズさんが微笑んだ。

「深夜の送り鐘?」

「ええ。東福寺では、毎夜十一時四十五分頃から十八回鐘を鳴らすんですよ」

「こ、こんな夜遅くに?」

「はい。この深夜の鐘は開山以来の習慣でして、当時の住職・円爾《えんに》は、建仁寺の住職でもあったため、東福寺でのお勤めがすめば建仁寺へ移動していたんです。

この時、東福寺では円爾を『送り鐘』でお送りし、建仁寺では『迎え鐘』でお迎えしていました。それから七五〇年……今も東福寺に続く習慣なんですよ」

ゴーンゴーンと響く鐘の音。

大晦日でもないのに、深夜にこんな風に鐘が鳴るなんて信じられない。

しかも毎夜だなんて……でも、それはもう七五〇年も続くこの土地の習慣で。それが守られてきた京都って、やっぱりすごいと思うし、そしてこれからも守られてほしいと思う。

思いのほか、この土地に続く伝統に触れて、胸が熱くなる気がした。

「さて、僕のミッションも終わったことですし、改めて秋人さんの今後の成功を祈って、乾杯でもしましょうか」

ランタンの明かりの中、グラスにワインとジュースを注ぐホームズさん。

「そ、そうですね」

「ああ、乾杯し直そうぜ」

三人でグラスを手に、

「秋人さんの成功を祈って……乾杯！」

鐘の音が響く中、乾杯をした。

東福寺から建仁寺に送り出す鐘は、まるで、秋人さんがこれから別の世界へと行くことを暗示しているようだ。

東福寺の鐘は十八回でピタリと止まり、私たちは顔を見合わせてクスクスと笑った。

「いやー、しかし、マジでビビったな、葵ちゃん」

ワインをグイッと飲んで笑う秋人さんに、私は「はい」と頷いた。

「私、二階の足音には、かなりゾクッとしました。真相が分かったあと、二階にスタッフがいるのかと思いましたよ」

ワイワイとそう話す私たちに、ホームズさんは「ああ」と顔を向けた。

「実は二階の足音は、仕掛けじゃないんですよ」

「へっ？」

「人為的に幽霊騒動を引き起こしたことで、もしかしたら、『人ならざる者たち』を刺激してしまったのかもしれませんね」

「は、はい?」

「まぁ、元東福寺の住職で南禅寺の妖怪を退けた無関普門は、『妖《あやかし》は徳には勝たない』と言っていたくらいですから、その心持ちでいたなら、何も問題ないでしょう」

胸に手を当ててニッコリと微笑むホームズさんに、私と秋人さんは顔を見合わせた後、

「ぎゃああああああああ」と絶叫した。

それは、思い出深い、秋の長い夜。

最終章　『迷いと悟りと』

――われわれはみな、見抜かれてしまうできの悪い贋作についてしか語れないことを知っておくべきだろう。

できの良い贋作はいまなお、壁にかかっているのだから。

テオドール・ルソー

1

十月も下旬となり、いよいよ秋も深まりを見せている。

今日も骨董品店『蔵』には、静かにジャズが流れていた。

芸術の秋。思えば、この『蔵』は、秋が似合う。

ちなみに私の周囲はというと、秋を通り越して、これから迎えるイベント目白押しな冬という季節を前に、どこかせわしなかったりして。

クラスメイトからの誘いを振り返って、ふぅ、と憂うつな息をつくと、

「――どうされました？」

帳簿をつけていたホームズさんが、少し心配そうに私を見た。

「あ、いえ、その……ホームズさんって合コンに行ったことはありますか？」

「合コン？」

私の突拍子のない質問に、さすがのホームズさんも戸惑ったのか目を丸くした。

「大学生を五年もやっているので、合コンくらいは行ったことがありますが。もしかして、合コンに誘われたんですか？」すぐにいつもの笑みで、そう返す。

「はい、クラスの友達にしつこく誘われて。相手は大学生だそうで、頭数合わせに必要らしいんですが」

「……大学生」ホームズさんは、ピクリと眉をひそめた。

「大学生が、高校生と合コンなんてしたいと思うものなんでしょうかね？」

大学には綺麗な女子大生さんがいっぱいいるだろうに、高校生なんてガキくさく思えたりしないのかな？

「まぁ、擦れてないのが良いと思う男もいるでしょう。ですが、わざわざ『女子高生』と合コンをしようという男は、相手が高校生だからといって遠慮はしない輩ばかりだと思いますので、どうかお気を付けください」

冷たくも素っ気なく告げたホームズさんに、少し驚いた。

ホームズさんが、こんな言い方をするなんて珍しい。

きっと、それだけ私のことを心配してくれているんだろう。

だけど、おかしくて、ついプッと吹き出してしまう。

「何かおかしかったですか？」

「だって、私をそんなふうに心配するなんて。私みたいな地味めな女子高生は、ただの引き立て役で誰も相手にしませんって。誘ってくれた子たちは、みんな華やかなんですよ」

笑ってそう言うと、ホームズさんは小さく息をついた。

「なるほど、無自覚というのは武器でもあり、罪でもありますね」

「はい？」

「いえ、すみません。なんだか言い方が悪かったですね」

ホームズさんは反省した様子で、クシャッと髪をかき上げた。

「いえいえ、心配してくださってありがとうございます。でも、大丈夫ですよ」

「大丈夫、ですか」

ホームズさんは複雑そうな表情を浮かべて、頬杖をついた。

でも、確かに、『女子高生と合コンしたい』という大学生は、女子高生なんてチョロいと思っている節がありそうだ。

私のような地味めな女子高生こそ、気を付けなければいけないのかもしれない。元々、気乗りもしてないし、やっぱり断ろうかな。

うんうん、と頷いていると、ホームズさんは憂いを帯びた目で何かを見ていた。

その手には、カードのようなものを持っている。

「――それはなんですか？」

歩み寄った私に、ホームズさんが「ああ、これは」と視線を合わせた時、カランと店の扉が開いた。

「おう、ホームズ、葵ちゃん！」

秋人さんが、満面の笑みで勢いよく入ってくる。

「……またあなたですか。そして、もっと静かに入ってこられませんかね？」

少し呆れたようにするホームズさん。

「なー、ホームズ」

まるで聞いてない様子で、秋人さんはそのままソファーに腰を下ろして話し始める。

露骨に不快さをあらわにするホームズさんに、笑ってしまいそうになった。

ホームズさんと秋人さんって、なんだかすっかり、いいコンビだ。

「……なんですか？」

「お前、鈴虫寺《すずむしでら》知ってる？」

目を光らせた秋人さんに、「鈴虫寺？」と私は小首を傾げた。

そんな可愛い名前のお寺があるんだ？

「ええ、一年中鈴虫の音色を楽しめることから『鈴虫寺』と広く呼ばれてますが、正式には『華厳寺《けごんじ》』といいまして、一願成就《いちがんじょうじゅ》で知られる地蔵寺ですね」

いつものようにサラサラと説明してくれる。

「一願成就？」

また小首を傾げた私に、ホームズさんはコクリと頷いた。

「願い事を、『たったひとつだけ』叶えてくれることで知られているお寺なんですよ」

「たったひとつ、ですか」

へぇ、と漏らすと、秋人さんが勢いよく身を乗り出した。

「お前、行ったことある？」

「中学の時に友人たちと」

「願いは叶ったのか？」

「……はい、志望高校に合格できましたね」

思い出したように言うホームズさんに、

「やっぱり、叶うんだな！　すげー、鈴虫寺」

秋人さんは拳を握りしめた。

……ホームズさんなら、わざわざお地蔵さんに頼まなくても志望校ぐらい合格できるのでは？　と密かに思ってしまったり。

「それを聞きにきたんですか?」

「いや、ホームズ、一緒に行こうぜ、鈴虫寺! 叶えたい夢があるんだよ」

目を輝かせて言う秋人さんに、ホームズさんは興味なさそうに目を細めた。

「そんなの、お一人で行かれたらどうですか」

「えー、お前はもう願い事はないのかよ? 行こうぜー。なぁ、葵ちゃんも行ってみたいよな。どんな願いもひとつだけ叶えてくれる寺って、興味あるよな?」

突然私に振られて、少し驚きつつも、

「あ、あります!」強く頷いてしまった。

叶えたい『願い』がなんなのか、今は思い付かないけど興味はある。

するとホームズさんは『仕方ない』という様子で、息をついた。

「葵さんも行きたいと仰るのでしたら、行きましょうか。それでは、次の日曜日でも、よろしいですか?」

「次の日曜日って、いきなりかよ。しかもその日指定なのか? またそのパターンなのか?」

慌てたようにポケットからスマホを取り出してスケジュールを確認する秋人さん。

「ええ、ちょうど、午後から嵐山の方に用事がありまして」

「用事ってなんですか?」

「これです」ホームズさんは、先ほど手にしていたカードを見せてくれた。

そのカードは、どうやら招待状だったようだ。

『柳原重敏《しげとし》、生誕祭』と書かれている。

「……柳原重敏って、あの、柳原先生ですか？」

オーナーの古い友人で、同じく名の知れた鑑定士。

そう、オーナーの誕生日パーティにもきていた人だ。

「はい。八十歳の誕生日パーティを開かれるそうで。実はその頃、祖父は仕事で中国に呼ばれていまして、僕が代わりに出席しなければならなくなりまして」とホームズさんは肩をすくめた。

どうやら、気乗りはしていない様子だ（……まぁ、そりゃあ、そうだよね）。

「午後二時からパーティなので、朝一番に鈴虫寺に行って嵐山観光をして、その後、一緒にパーティに参加しましょうか」

ニッコリ笑って言うホームズさんに、

「はぁ？　オーナーはさておき、他のジジイの誕生日パーティなんてまったく興味ねぇし、参加したくなんかねぇよ！　ホームズ、お前、ひとりじゃつまらないからって、俺たちを巻き添えにする気だろ」なんて声を上げる秋人さん。

……相変わらずストレートな人だ。

「柳原先生のお宅は、天龍寺近くにありましてね。それは素晴らしい和邸宅なんですよ。柳原先生も名の知れた鑑定士。きっと、各界の有名人が出席されると思いますよ」

「そうか、しゃーねぇな。それなら参加してやってもいいかな」

「……僕にお願いしている立場でありながら、どうしてそんなにも上からなんでしょうか？　別に来られなくても結構ですよ」冷ややかに吐き捨てて横を向くホームズさんに、

「あ、いや、ぜひ、お願いいたします。ホームズ禅師」

秋人さんは焦った様子で、拝むように手を合わせた。

相変わらずな二人の様子に、クスクスと笑ってしまう。

用件は本当にそれだけだったのか、

「いや、日曜日、奇跡的にスケジュールが空いてて良かったよ。最近はいつも仕事でキチキチでよ。今から打ち合わせなんだ、そんじゃまた」

秋人さんは早口でそう言って、バタバタと店を出て行った。

「……秋人さんにコーヒーを出す間もなかったですね」

秋人さんが出て行った後、コーヒーの用意をしようとしていたホームズさんは苦笑して、肩を上下させた。

「本当ですね」

「せっかくですから、休憩にしましょうか。コーヒー淹れますよ」

「はい」

カウンターを挟んで向かい合って座り、私はホームズさんの淹れてくれたカフェオレを口に運んだ。目の前には優雅にコーヒーを飲むホームズさんの姿。

……長い指。それにマツゲとか結構長いんだ……と、つい観察していると、

「どうされました？」

視線に気付いて、急に顔を上げたホームズさんに慌ててしまう。

「あ、秋人さん、絶好調って感じなんですね。お仕事も忙しそうでしたし」

そう、スケジュールがキチキチだとか言っていた。

「いえ、本当に絶好調でしたら、わざわざあんなふうに『忙しいアピール』もしないでしょう。上向きではあるものの、まだまだ危うくて、先が不安でたまらないんですよ。だから、鈴虫寺にお願いをしたくなったんだと思います」

冷静にそう告げるホームズさん。さすがというか、なんというか。相変わらずの鋭さだ。

「……鈴虫寺って、有名なんですか？　私は全然知らなかったです」

「知る人ぞ知る寺かもしれませんね」

「ホームズさんは、中学の時に行ったきりなんですか？」

「ええ」

「もしかして、鈴虫寺って一願成就だから、お願いはひとつしか叶えてもらえないんです

か?」だから、それきり行っていないんだろうか?

「生涯に一度きりではないですよ。鈴虫寺の御守《おまもり》を買ってお地蔵様にひとつだけお願いして、その願いが叶ったなら、お礼詣《れいまい》りをして御守をお返し、また御守を買って、新たなお願いをしてもいいですし。そうされる方も多いそうです。……思えば、僕は、ちゃんとお礼詣りに行ってなかったですね。あの時の御守は返送で済ませてしまいましたし」

「返送でもいいんですか?」

「ええ、遠くの方もいますしね。ただ、遠方から何度もお礼詣りに来られる方も多いそうですよ」

「それって、願いが叶っているってことですよね。すごいなぁ、なんだか楽しみになってきました」と言ってホームズさんをチラリと見た。

いつもと変わらない平静な様子。

「ホームズさんは、あまり気乗りしてなかったみたいですけど、鈴虫寺に叶えてもらいたいお願いはないんですか? ひとつくらいありますよね?」

素朴な疑問をぶつけてみると、ホームズさんは急に眉間にシワを寄せた。

「――それやねん」

「へっ?」

「いえ、『ひとつだけ』ってところが困るんです。僕は欲深な男ですから、願いはたくさんあるんですが、抜きんでて『ひとつだけ』というものがないんです。中学の時も散々迷って、無難に『志望校合格』にしてしまったくらいで」

「……ああ、なるほど。意外と『たったひとつだけ』って難しいかもしれないですよね」

そういう意味では、秋人さんとかは明確でいいのかもしれない。

きっと、芸能界で成功したいとか、そういうお願いだろうし。

――たったひとつだけお願いを叶えてもらえる、か。

そうなると、私は何を願うんだろう？

真剣に考え込んでいると、

「今、一番僕の中を占めている願いはあるんですが、それは神仏に頼むようなことではないと思っているんです」と言ったホームズさんに、少し驚いて顔を上げた。

「それって、どんなお願いですか？」

「今度こそしっかりと『円生を打ち負かしたい』という願いなので、お地蔵さんの力を借りたいかと問われると、そうではない気がしまして」

「あ、分かります。ホームズさんって、本当にすごく負けず嫌いですよね」

クスリと笑った私に、ホームズさんは笑みを浮かべて頷いた。

「ええ、あまりそう言われたことがないんですが、実はすごく負けん気が強いんです」

「知ってますよ。それに頑固で、だけどやっぱり真っ直ぐで。いつも見せている顔とは、まったく違う顔も同じように持っていますよね。でも、そんな面もとても素敵だと思います」

シミジミと漏らした私に、ホームズさんは少し驚いたような顔を見せた。

「あ、ごめんなさい。なんだか失礼なことを」

「いいえ、ありがとうございます」

「えっ？」どうしてお礼？

「あなたの言う通り、僕は負けず嫌いで頑固で……普段、見せている顔とは違う面を持つ、裏表のある男です。表はさておき、裏の顔を誉められることがないものですから」

静かに告げたホームズさん。

「私にとっては、表も裏も同じホームズさんですから」

そう言った私に、ホームズさんは何も言わずに笑みを返してくれた。

2

そうして、日曜日。

私たちは朝八時には、ホームズさんの運転する車で鈴虫寺に向かっていた。

「――随分、早くに出るんですね」今さらながら、助手席で漏らした私に、

「葵さん、鈴虫寺を舐めたらえらいことになりますよ」

ホームズさんは低い声で告げた。

「って、そんなに人気の寺なのかよ？」

後部席の秋人さんが、ズイッと身を乗り出す。

「ええ、ゴールデンウィークなどには、絶対に行かない方がいいですね。三時間待たされますよ」

「さ、三時間？」私たちの声が揃った。

「行くなら、シーズンオフの平日が狙い目です。こうした紅葉時期の日曜日なんて、本当は外したいところなんですが。せめて、朝一番なら、なんとかなるかもしれません」

その言葉に『そ、そんなに？』と私と秋人さんは思わず顔を見合わせてしまった。

お寺で待たされるって、どういうことなんだろう？　大晦日の初詣のようなものなんだろうか？　小首を傾げていると、

「でもよ、それだけ効果があるってことだよな？」

秋人さんはニヤリと口角を上げた。

「――まぁ、評判が評判を呼んでいるということはそういうことなんでしょう。人が集うほどに、社寺はエネルギーを強くするものですしね」

ホームズさんは、サラリと言いながら頷いた。

「よーし、梶原秋人二十五歳、いっちょやってやるぜ」

拳を握りしめる秋人さんに、ホームズさんは「ん？」と眉根を寄せた。

「秋人さんは、まだ二十五歳なんですか？」

「ああ、そうだけど？　なんでだよ？」不思議そうな声を上げる秋人さん。

「『秋人』というからには、秋に誕生されたと思っていましたので」

そういえばそうだ。秋人さんに出会ったのは、七月上旬。その時に二十五歳で、『秋人』というから九月か十月が誕生日なのかと私も思っていたけど。

「いや、俺の誕生日は六月三十日だけど」

アッサリそう言う秋人さんに、「へっ？」と私は振り返ってしまった。

「ど、どうして、それで『秋人』なんですか？」

するとホームズさんは瞬時に察したように、「ああ」と頷いた。

「秋に授かった命というわけですね」

「そーゆーこと。秋に仕込まれたらしいんだ」

「まったくひねりのない名前かと思っていたんですが、意外とおとなの洒落が利いていたんですね」

「まー、親父らしいかな？　しかしすぐに気付くなんて、さすがホームズ。お前、絶対にムッツリだろ」ニッと笑う秋人さんに、ホームズさんはニコリと微笑んだ。

「聞こえが悪い言い方をしないでください。『紳士的』と言っていただけますか？　いつでも無節操にセクハラばかりを繰り返す、ほとんど動物なあなたとは違いますので」

「人聞きの悪ぃこと言うなよ！」

「それは、こちらの台詞です」

ど、どうしよう、笑っていいのか悪いのか。

どんな表情をしていいのか分からず、ただ、頬が熱くなって、顔が引きつる。

「――と、失礼しました。もうそろそろですよ」

車は嵐山の奥へと入っていった。松尾《まつのお》大社の看板と、朱色の大きな鳥居も見える。

「松尾大社もはじめて見たんですが、立派ですね」

窓に張り付くようにして眺めながら漏らした私に、ホームズさんは頷いた。

「ここも歴史の古い由緒のある格式高い神社ですね」

「格式って、どんくらい？」

「どのくらいと問われましても……。平安京遷都《せんと》後は東の賀茂神社とともに『東の厳神《げんしん》、西の猛霊《もうりょう》』と並び称され、西の王城鎮護《おうじょうちんご》社に位置づけられていたとか」

「へー、一応メモっておこう」と秋人さんはスマホを取り出して、

「ちなみに賀茂神社って？」と顔を上げた。

「上賀茂神社・下鴨神社、二つの神社の総称ですよ」

「へー、そうだったんだ。えっと、平安遷都後は、賀茂神社……うっ、車ん中で操作して

たら気持ち悪ぃ」

真っ青になって口を押さえる秋人さんに、

「………」

私とホームズさんは無言で顔を見合わせて、その後にクスリと笑った。


やがて、車は鈴虫寺の駐車場に入った。

「空いてて良かったです」

ホッとした様子で告げるホームズさん。

それなりに駐車スペースはあるものの、もう半分以上が埋まっていた。

車を降りて、寺まで向かう道中は、まさに『山の中』という感じだ。

色付いた木々。小川に架けられた橋を渡って少し歩くと、『鈴蟲《すずむし》の寺』という石碑と階段が見えてきた。

その石階段には、ズラリと人が並び、長い階段の半分は人で埋まっていた。

ちなみに今は、八時三十五分。まだ、寺の門は開いていない。

……朝早いのに、こんなに並んでいるなんて。

「ああ、こんなに空いてるなんてラッキーですね。これなら、もしかしたら一回目に滑りこめるかもしれません」

　また、ホッとしたように言うホームズさんに、

「え、これで空いてるのかよ？」と秋人さんが露骨に顔をしかめた。

　ちなみに私も同じ気持ちだ。

「ええ、並ぶときは、この階段は元よりさっきの小川の向こう、駐車場の辺りまで並ぶそうですよ」と遠くを指して言うホームズさんに、私と秋人さんは言葉を失った。

「ち、ちなみに『一回目』ってなんのことですか？」

「寺の大広間で、住職のお話を聞くんですよ。ありがたいお話とともに御守のお願いの仕方など、それは詳しく説明してくれるんです。それが三十分弱くらいでしょうかね？」

「って、その話を聞かないと、御守を買えねぇのかよ？」

「ええ、そうです」

「ったく三十分も説明してるから、何時間も待たされることになるんじゃねーの？　説明なんて、説明書でいいのによ！」と不服そうに声を上げる秋人さん。

「……そういう方のお願いは叶わないのではないでしょうか？　今の大声は、上のお地蔵様にも聞こえたことでしょうねぇ」

　ホームズさんは残念そうに階段を見上げた。

「あー、今の取り消します。ありがたく聞かせていただきます。失礼しました、お地蔵様」

慌てて手を合わせる秋人さんに、周囲の人がクスクスと笑っていた。

「ねぇ、あの人、京都紹介番組の人じゃない？」

「まさか、似てるけど、雰囲気が全然違うよ。テレビのあの人は理知的で落ち着いた雰囲気だったし」

「そうそう、でも、あそこの二人、カッコイイね」

なんてヒソヒソ話も聞こえてきた。

うーん、実は本人なんですよ……テレビではホームズさんの真似をしているだけで。

心の中でそんなことを呟く私。

「まぁ、もうすぐ、化けの皮もはがれるでしょうね」

ポツリと漏らしたホームズさんに、思わず笑ってしまった。

そう、来月には、あのドッキリ番組が放送される。今のところ品行方正を装っている秋人さんの本性が暴露されてしまうわけだ。

「あー、今となっては、早く化けの皮をはがしてもらいてぇよ。番組外でも『ホームズ的男子』を求められて、すげぇつらいし」と秋人さんは肩を落とした。

「だから、後々つらくなると言ったのに」

「う、うるせーよ、そういうことは収録前に教えてくれよ」

「まさか、あそこまで猿真似してくると思いませんからね」

「さ、猿真似って言うなよ」

そんな、二人の楽しい（？）やりとりのお陰で、時間は割と早く進み、やがて開門の時間となった。

その頃には、すでに私たちの後ろには長蛇の列ができていて、ホームズさんの言葉が大袈裟ではなかったことを実感してしまった。

鈴虫寺って、こんなに人気の寺なんだ……。

少し気圧されながら階段を上りきると、そこにお地蔵さんがあった。

赤い前掛けに、杖のようなものを手にしている。

手前に柵があって、近付くことはできない。

「あれが、『幸福地蔵』です。ちゃんとお詣りするのは、お話を聞いたあとにしましょう」

そう言いながらお地蔵様に手を合わせるホームズさんを見て、私たちも手を合わせて、そのまま境内へと入った。

「おはようございます、どうぞ、こちらに」寺の中には、案内してくれるお坊さん。

拝観料を払って、靴を脱いで寺院内に入り、そのまま畳の大部屋に入った。

鈴虫の声が鳴り響く部屋。突き当りに水槽のようなものがあり、そこに鈴虫が飼われているようだった。

ズラリと並べられた長テーブルには、湯飲みと茶菓子が置かれている。

「どんどん、座っていってください。詰めて座ってくださいね」

案内の女性に促され、私たちは三人並んでちょこんと座った。

ほどなくして、大広間はアッという間に人で埋まり、障子が締められた。

「みなさん、おはようございます。どうぞ、足を崩してくださいね」と言いながら現われたのは、ニコニコとした柔らかな笑顔のお坊さん。

はじめに挨拶をして、やがて鈴虫寺の『どんな願いもひとつだけ叶えてくれる』という『幸福御守』について話してくれた。その御守はカードよりも一回り小さい長方形で、黄色い下地に赤字で『幸福御守』と書かれている。

「この中に、お地蔵さんが入ってましてな、ちょうど幸福の『幸』のところが頭になりますのや。せやから、お地蔵さんの前に行ったら、この『幸』の字は出るように両手で挟んで、必ず住所と名前とお願いごとをたったひとつだけ言うてくださいな。口に出す必要はありまへんで。まぁ、みんなに聞いてもらいたいんやったら、ええけど。

そしてな、なんで住所が必要かと言うと、ここのお地蔵さんは唯一、草履《ぞうり》を履いていましてな、お願いをした人のところを訪れて、叶えてくださる。だから住所が必要になんやけど、郵便番号はいりまへんで」

軽快に話すお坊さんに、笑いが起こった。

「この寺には願いを叶えてほしい人が、たくさん来はってなぁ。どんなお願いも本人の自由やと思うんやけど、たとえば結婚したいと思われる場合は、『自分に相応しい人と縁を結ばせてください』とお願いするとええ思いますわ。

アイドルの誰々くんと、なんてな、そんなん無理ですから。あちらさんにも事情がありますし。『自分に相応しい人』これが大事やで。

またな、願いをコロコロ変えるのもあかんで。よくおるんやけど、『お坊さん、さっきのお願いキャンセルしたいんやけど』って。そんなん知りまへんやで。しっかり気持ちを固めてからお願いしぃや。

また、子宝を授かりたいご夫婦は、夫婦そろって同じく願わなあかんよ。奥さんが一生懸命『子宝に恵まれますように』って祈る横で、旦那はんが『どうか秋のジャンボ宝くじが当たりますように』なんて、そんなんあきまへんで」

巧みな話術に、何度も起こる笑い。

まるで漫談家のように、話が上手で感心を通り越して、驚いてしまう。

「そして、せっかくのお願いは自分も人も幸せになるものにしいや。人を陥れてやろうってお願いは、人生いろいろ苦労して積み上げた、せっかくの『徳』を無くしますんで。人を恨んだり、妬んだり、陥れたりは、自らの徳と運と幸せを逃しますんで、お願いは自分が幸せになるお願いをな」と言うお坊さん。

……なるほどなぁ、なんて心から思う。

「また、せっかくですから、『御守』と『お札』の違いを説明しておきますわ。これ、意外と分からない人が多いみたいなんですわ。『御守』は基本的に当人を守るものなんで、常に身につけておきましょう。一年間分の祈祷しかしてないので効力は一年間やで。それを過ぎたら返しましょうな。

『お札』は家に飾っておくものやで。家内を守るんで、日が昇る方向に向けて貼りましょうな。でも画鋲でブスッとはあかんで、中の神様に刺さりますわ。それは工夫して貼ってや。これも基本的に効力は一年やけど、厄年の人は後厄が終わるまで貼っておいてや」

そうなんだ。御守やお札の効果って一年なんだ。

うちの台所に色褪せたお札が今も貼られていたような……。

そんなお坊さんのお話は、興味深く勉強にもなるうえ、とても楽しく、アッという間に時間が過ぎた。

3

お話が終わった後、大広間を出て御守を購入した。これはお土産用に渡すこともできて、複数購入している人の姿も見える。

なんでも、お土産用は、まず購入者がお地蔵様のところに行って、お土産用の御守をまとめて手に挟んで、『この方々のお願いもよろしくお願いいたします』と、お願いする。

受け取った人は、京都の方を向いて手を合わせて住所と名前を告げると良いそうだ。

ちなみに、郵便番号はいらないらしい。

とりあえず、私は自分用にひとつ買ってみた。ホームズさんも秋人さんも、ひとつ購入している。

寺を出て、庭を見て回れるように造られた順路を歩く。

「――お坊さんのお話、良かったですね。とても楽しくて驚きました」

色付いた庭を眺めながら独り言のように呟いた私に、ホームズさんがコクリと頷いた。

「ええ、楽しさの中に、とても良いお話が織り込まれていて、素晴らしいと思います」

そんな話をする私たちの前を無言で歩く秋人さん。思えば、寺を出てから、口数が少ない。どうしたんだろう？

そっと、首を伸ばして横から秋人さんの顔を覗くと、目が少し潤んでいることに気がついた。

あれ、秋人さん……お話に感動しちゃってる、とか？

するとホームズさんは内ポケットからハンカチを取り出して、スッと前を歩く秋人さんに差し出した。

「秋人さん、良かったら、涙を拭うのにお使いください」

「な、涙なんて、出てねーし！」

袖口で目を擦った後、勢いよく振り返る秋人さん。

どうやら、感動してウルウルしてしまったことがバレて恥ずかしいらしい。

「お話に感動されたんですよね？　隠さなくてもいいのに。心を震わせて目を涙で滲ませる。素晴らしい感受性ですよ。さすが俳優さんです」

「だ、黙れって！」

真っ赤になる秋人さんに、ハンカチを手にしたまま、満面の笑みを見せるホームズさん。

ホームズさん……一見親切だけど、いけず全開だ。

二人の様子に、また、周囲の人たちがクスクスと笑っていた。

庭をぐるりと回って、ようやく最初の入口近くにある『草履を履いたお地蔵さん』のところに戻ってこられた。すでに黄色い御守を出して、両手に挟んで祈っている方がたくさんいる。それ以上に並んで待機している人が山ほどだけど。

秋人さんは御守を力強く挟み、

「梶原秋人、二十五歳！　どうか芸能界で成功できますように！」と力強い声を上げた。

「秋人さん、年齢はいりません。必要なのは住所なので、心の中でいいんですよ」

ポンッと肩を叩くホームズさんに、周囲からドッと起こる笑い。

私も一緒に笑ってしまう。

にしても、やっぱり秋人さんは、芸能界で成功するってお願いだったんだ。

私は、なんだろう？　こんなふうに迷った状態で、お願いなんて叶うんだろうか？

「僕はとりあえず、今年一年祖父の健康でも祈っておくことにします」

ホームズさんはそう言って御守を手に挟んだ。

「……お前、マジでオーナーが大好きだな」

「ええ、それに祖父が病に倒れたら、僕の方に皺寄せが来ますからね。病ばかりは僕の力ではどうにもなりませんので」

そうだな。まだ私も受験生じゃないし、特に叶えたい切実な願いがあるわけじゃない。

「私もお祖母ちゃんの健康をお願いすることにします」

「なんだよ、二人して！　俺だけが欲深みたいじゃねーか！」

秋人さんがギョッとした様子で目を開いた。

「いえ、良いことだと思いますよ。そうやって、ブレない真っ直ぐな願いを持っている人の方が、願いを叶えられると思います」

真顔で告げたホームズさんに、秋人さんは戸惑いの表情を浮かべた。

「そ、そうか？」

「ええ、そうですよ」

そんなこんなでお詣りをして、

「それでは、嵐山に行きましょうか」

振り返ったホームズさんに、私たちは強く頷いた。

4

鈴虫寺を出て再び車に乗り、今度は嵐山に向かった。

嵐山の広い駐車場（といっても、ほとんど埋まっていたけど）に車を停めて、散歩するように歩きながら軒を連ねる土産店を眺めた。

「ここ、懐かしい。中学の修学旅行の時に来たんですよ」

楽しい雰囲気に不思議とワクワクする場所だ。

「僕も懐かしいですね。渡月橋を見ると十三詣《じゅうさんまい》りを思い出します」

そう言うホームズさんに、秋人さんもクスクス笑って頷いた。

「あー、思い出すな、十三詣り。あれ、振り返りたくなるんだよな」

「不本意ですが、同感ですね。僕も振り返りたくなってました」

そんな二人の会話に、

「えっと、十三詣りって？」小首を傾げると、秋人さんが「えっ？」と動きを止めた。

「葵ちゃん、十三詣りしてないの？」

「秋人さん、そもそも、十三詣りは主に関西に伝わる行事で、他の地方では知らない方も多いですよ」

「へ、へええええ、十三詣り知らねぇんだ。俺にとっては七五三と同じくらいの感覚なんだけどな。へえええ」

露骨に驚く秋人さん。

「…………」秋人さんじゃなければ、カチンときてしまうかもしれない。

「十三詣りとは、イメージ的には七五三と同じようなものでして、数えで十三歳になった時にお詣りをし、知恵を授かりに行くという行事なんですよ。

渡月橋の向こうに十三詣りで有名なお寺『法輪寺』がありましてね。参詣の帰路、本堂を出たあと、後ろを振り返ると『せっかく授かった智恵を返さなければならない』という伝承がありまして、渡月橋を渡り終わるまでは、動じず後ろを振り向かずに歩き続けなければいけないといういわれがあるんです」

ホームズさんは、いつものようにそれは分かりやすく伝えてくれたあと、

「僕の時なんて、祖父が僕を振り向かせようと、後ろでアレコレ言いましてね。おかげで『絶対に振り向くものか』と決意を固めることができたのですが」

そう言って肩をすくめた。

振り返らず歩くホームズさんの後ろで、茶化すように誘惑するオーナーの様子が目に浮

かんで、思わず笑ってしまう。

そうして、渡月橋を渡る。橋の下を流れる大きな川。その両サイドを彩る紅葉と、鮮やかに色付いた山々がとても綺麗だ。

修学旅行生だろう、制服を着た中学生や高校生の姿もたくさん見える。

並ぶお土産屋さんに、川に橋、自然に——本当に素敵な場所だ。

思えば私も中学の修学旅行の時に京都にきて、あちこち行ったけれど、記憶に残っているのは、清水寺、金閣寺、嵐山、この三つだけのような気がする。

嵐山のこの場所って大きなお寺とかがあるわけじゃないのに、こんなにも記憶に残っているなんてすごいことなのかもしれない。それはここが、いつでもお祭りのような楽しい雰囲気に包まれているからなんだろうか？

「そういえば、修学旅行では『保津川下り』をしたんですが、あれも感動したんですよね」

思い出して漏らした私に、ホームズさんと秋人さんは動きを止めた。

「そういえば、僕は保津川下りをしたことがないですね」

「……俺も」今気がついたように言う二人。

「京都に住みながら、あんなに素敵な保津川下りをしてないなんて、もったいないですねぇ」なんて、少し意地悪く言ってみせる。

「あっ、葵ちゃん、反撃に出てるな」

「それじゃあ、今度一緒に行きましょうか。ぜひ、案内してください」

ニコリと微笑んでそう言うホームズさんに、言葉が詰まった。

「い、いいえ、案内できるほどでは……」

しどろもどろに言う私に、プッと吹き出す秋人さん。

「たしかにホームズに案内はできねぇよなぁ」

「これもある意味いけずです」

「いえ、今のは普通の会話ですよ」

三人でクスクス笑い合い、今度は『天龍寺』に歩いて移動することになった。

5

「庭が美しいことで知られている、この天龍寺は桓武天皇ゆかりの禅寺で、ここも世界遺産に登録されているんですよ」

天龍寺までできて、拝観料を払い、境内の順路を歩く。

目にも鮮やかな赤い紅葉と、整えられた大きな池を眺めつつ、そう話すホームズさんに、

「ここも世界遺産なんですねぇ」と感心しながら頷いた。

本当に、さすが京都だ。

山に囲まれた庭。大きな池に置かれた飛び石。その向こうの紅葉が水面に映える。

紅葉も赤いだけじゃなく、黄色や時に鮮やかな緑と、木々が互いの色を引き立てていた。

私もホームズさんと一緒にいろいろな神社仏閣に行き、庭を見て、どこも美しいとは思ったけど……。

「――ここの庭は本当に素晴らしいですね」

ポツリと告げた私に、ホームズさんは「ええ」と頷いた。

「天龍寺はこの庭園があってこそと言われ、日本トップクラスといわれてます。鎌倉時代、日本庭園を極めた禅僧・夢窓疎石《むそうそせき》の作庭と伝えられています」

「むそうそせきさん」なんだかすごい名前だ。

「へぇ、そんな作庭のプロがいたんだな」

「はい、彼はここ天龍寺のほかに、苔寺と呼ばれる西芳寺、岐阜県の永保寺、神奈川県の瑞泉寺、山梨県の恵林寺等の庭園も手掛けたそうです。それがすべてそれぞれに素晴らしいんですよ。ぜひ、機会がありましたら、観に行ってください」

少し熱っぽく告げるホームズさんに、

「あ、ああ。しかし、相変わらず、なんの回し者だよ」

秋人さんは顔を引きつらせながら頷いた。

庭園を進むと、やがて竹林《ちくりん》に囲まれた。

鮮やかな緑。涼やかに凛として立ち並ぶ様がとても美しい。

山の中の雑多な竹林《たけばやし》とは、大違いだ。

「ここも見事ですね」

「美しいですよね。ここは特に北海道の方に喜ばれますね。北海道には竹林がないそうで」

その言葉に、「へえええ」私と秋人さんの声が揃った。

その後、天龍寺近くの和食亭でランチを食べて、少しゆっくり過ごし、いよいよ、柳原先生のお宅へと向かうこととなった。


嵐山から車でほんの少し移動したところに、鑑定士・柳原先生の邸宅があった。

門外の駐車場に車を停めて、開け放たれた檜の門をくぐると、それは手入れの行き届いた和庭園が広がっている。綺麗に剪定された木々に紅葉。

池にはイキイキと鯉が泳いでいた。広い庭の先には、黒い瓦屋根で、横長に広い平屋の和邸宅。

家頭邸は西洋美術館を思わせる石造りの洋館だったけど、こちらはまたうって変わり、完璧な和風のお屋敷。

だけど、第一級古美術鑑定士のお宅としては、こちらの方がイメージ通りな気がする。

(つまり、家頭家はどうにも、どこか型破りだ)

「これはこれは、清貴さん」

スーツにメガネをかけた四十代と思われる男性がニコニコ笑って歩み寄って来た。

「本日はお招きいただき、ありがとうございます」

優雅に頭を下げたホームズさんに続いて、私と秋人さんも頭を下げた。

「すみません、私たちまで」

「清貴さんに伺っておりました。葵さんと、今話題の秋人さんですね。秋人さんがプレゼンターを務めている『京日和』、観てますよ。改めまして、柳原の秘書をしています、田口と申します」ニコリと微笑む秘書の田口さん。

アッサリとした顔立ちの上品そうな方だ。

「マジで観てくれてるんすか? ありがとうございます」

目を輝かせながら、身を乗り出す秋人さんに、田口さんは少し気圧されたように上体をそらしつつ、メガネの位置を正した。

「……秋人さんは、テレビで拝見した雰囲気とは少し違うのですね」

「少しどころか、まるで違うんですよ、田口さん。猿真似ですから」

すかさず言うホームズさんに、

「さ、猿真似って言うなよ！」

秋人さんは真っ赤になって声を上げ、私と田口さんは小さく吹き出した。

「賑やかで楽しい方ですね。これは余興も盛り上がりそうです」

眼鏡の奥の目を柔らかく細める彼に、ホームズさんが小首を傾げた。

「余興を？」

「ええ、今回の生誕祭では、鑑定士である柳原ならではの、ちょっとした催しを企画しているんです」

「おお、ゲームかよ！　なんだか燃えてきた」と露骨な声を上げて喜ぶ秋人さんに、私とホームズさんは苦笑した。

秘書さんは『催し』と言っただけで、ゲームとは一言も言っていないんだけど。

「あの、それは、どんな催しなんですか？」

そっと尋ねた私に、田口さんはニコリと微笑んだ。

「はい、この柳原邸にて、『真贋展《しんがんてん》』を開催しようと思っております」

「真贋展、ですか？」

秘書の田口さんとともに、入口に向かって歩きながら尋ねるホームズさん。

「ええ、実はあるデパートの企画で、『今昔《こきん》真贋展』というイベントを開催することになりまして、柳原がその監修を務めるんですよ」

「それは、面白そうな企画ですね」

「ありがとうございます。それで、只今、作品の一部を柳原邸に預からせていただいておりまして、せっかくなので、生誕祭に集まってくださったゲストに披露しようかと。それに伴い、ちょっとしたゲームもしたいと思っていまして」

その言葉にホームズさんは、「へぇ」と小さく頷いて腕を組み、

「おっ、やっぱりゲームか」

再び目を輝かせる秋人さん。どんだけゲームが好きなんだろう。

「あの、それって、私のような素人でも参加できるゲームなんですか?」

「もちろんです。ゲストのみなさんに楽しんでいただけるような企画を用意しましたので、ぜひ参加してくださいね。景品も用意していますので」

笑みを返してくれた田口さんに、「景品か、よっしゃ」と秋人さんは拳を握り締めていた。

「趣向を凝らされていますね。素晴らしいです」

ホームズさんは、そう言って上品な笑みを湛えた。

「ありがとうございます。それでは、どうぞ、こちらです」

田口さんの案内に従い、そのまま柳原邸に入った。

廊下まで畳が敷き詰められた完全な和風邸宅かと思えば、会合用に洋室ホールもあるら

しい。通路を曲がると、開放されたままの大きな両扉が見えた。

『柳原重敏・生誕祭』

扉の前には、そんな立て看板。

その向こうには、広々とした洋室ホールが見える。

朱色がベースの絨毯に、シャンデリア。窓際にグランドピアノ。

そしてそこに集うたくさんの招待客たちと、その中央に、黒い着物を纏った柳原先生の姿が見えた。白髪に長い白髭の仙人みたいな雰囲気の人だ。

「先生、清貴さんがお見えになりました」と声を上げた田口さんに、柳原先生は「おお」と、こちらに歩み寄ってきた。

「ようきてくれた、清貴くん」

「お誕生日おめでとうございます。本日はお招きありがとうございます。祖父が仕事で来られないことをとても残念がっておりました」

微笑んで言うホームズさんに、柳原先生はニッと目を細めた。

「ほうか、昨日あのクソジジイから電話がきて、『爺の誕生日パーティなんて行ってられるか。代わりに孫を寄越すでな』と言うてくれましたわ」

……って、オーナー。

「祖父は照れ屋ですから。これを祖父から預かってきました。改めておめでとうございます」とホームズさんはワインの箱を差し出した。

「おお、ありがたい。あいつがどれほどの目利きか知らんけど、酒の味だけは分かる男やで」柳原先生は嬉しそうに顔をクシャクシャにして箱を受け取った。

……なんていうか、オーナーと柳原先生って、とても仲が良いんだな。

一見乱暴とも思えるやりとりからそんなふうに思った。

「まぁ、楽しんでいってや。お連れはんも」

チラリと私たちを見た柳原先生に、慌てて頭を下げた。

「あ、ありがとうございます。そしてお誕生日おめでとうございます」

「おめでとうございます」

とってつけたように言う私たちに、先生は愉しげに笑った。

「テレビの子やな。『京日和』、楽しく観させてもらろうてますわ。がんばってな」

「は、はい、ありがとうございます」再び頭を下げる秋人さん。

オーナー同様、柳原先生にも独特の迫力とオーラがあって、気圧されているようだ。

「そして、あんたは『蔵』のバイトはんか。ようやってくれると、ジジイが誉めておりましたわ」柳原先生はそう言って私をジッと見た。

「あ、ありがとうございます」

オーナーが誉めてくれていたなんて嬉しい。

でも、どうしてそんなに柳原先生は私を凝視してるんだろう？

少しドキドキしていると、

「……まぁ、普通やな」と柳原先生は呟いた。

へっ？　ポカンとしたその時、

「こんにちは、先生」と、横から聞き覚えのある声がした。

――あれ、この声は。

声の方向に目を向けると、ふにゃりとした笑みを浮かべている米山さんの姿。

「おお、あんたもきてくれたか。高宮さんに描いた絵、ほんまにええできやったな。今日は楽しんでいってや」柳原先生はそう言って、その場を離れた。

それにしても、『普通やな』って、どういうことなんだろう。平凡すぎて、『蔵』のバイトは勤まらないと思ったんだろうか？

なんだか少し、胸が騒ぐのを感じていると、

「僕を含めて、家頭家の周りは変人だらけだからですよ。柳原先生としては、変人ではない普通の子がバイトに入ってくれていることが、意外だったのでしょう」

ホームズさんがそう言って、優しい笑みを見せてくれた。

「だよな、ホームズ、お前マジで変人だよな」すかさずそう言う秋人さんに、

「あなたに言われるとカチンときますね」笑みを返すホームズさん。

「あれぇ、二人とも仲良しなんだね」

米山さんが少し楽しそうに身を乗り出した。

その様子に、落ち込みかかっていた心がすぐに軽くなることを感じた。


その後、柳原先生の挨拶があり、シャンパンやワインやジュースで乾杯して、長テーブルに並べられた和洋中様々な茶菓子をつまみつつ、ホール内はなごやかな雰囲気に包まれていた。

そうして少し時間が経った頃、皆の前に秘書の田口さんが姿を現わした。

「それでは、わたくしからすでに簡単には説明させていただいておりますが、今度開かれる『真贋展』に先駆けまして、この生誕祭でも真贋を見極めるゲームを始めたいと思います」と田口さんは引き戸を開き、奥の部屋を開放した。

さらに広くなったホール。今まで閉じられていたスペースには、様々な美術品が並べられ、警備員らしき人の姿まであった。

「すげぇ、あれが本物の自宅警備員か」

恐れおののいたように漏らす秋人さんに、ホームズさんが苦笑した。

「自宅警備員って。いえ、あれは多分、デパートの警備員なんでしょうね」

「今から皆さんの前に、美術品を公開します。それが本物かニセモノか、旗を上げて答えていただく、つまりは『真贋判定ゲーム』です。勝ち抜き戦となりまして最後まで残った方に景品が授与されます」

田口さんが説明する傍ら、他の使用人たちが白と赤の小旗を皆に配っていた。

「本物だと思われたら白旗を、『真っ赤な嘘』だと思うニセモノなら赤旗を上げてください。ちなみに、鑑定士や美術関係者の方は、このゲームへの参加は控えてくださいね」

というわけで、ホームズさんを含む鑑定士や、美術関係者と思われるゲストには、旗が配られなかった。

「ああ、関係者のみなさん、お連れの方にヒントを出すことはやめてくださいね」

そんな言葉に軽く笑いも起こる。

「へー、なかなか面白そうじゃん。俺は親父を通して、結構良いものを観てきているから自信あるかもな」

旗を手に目を光らせている秋人さん。

私は、自分がどれだけ分かるのか見当もつかないけれど、確かにこうしたゲームは楽しいかもしれない。

「みなさん、がんばってくださいね」

ホームズさんはそう言ってニコリと微笑んだ。

「それでは、最初の品です」

田口さんの言葉に、警備員の一人がゴロゴロとテーブルカートを押して来た。

カートの上には、布が掛けられた『何か』。

まるでこれからオークションでも始まるようだ。

「みなさま、旗を上げるのは、私の合図の後に一斉にお願いしますね」

田口さんは念を押した後、布をスッと引いた。

そこには、土色の大きな壺があった。

「こちらは、『信楽の壺』です。今から二分間この壺をよく見て、本物かニセモノか見極めてください。とても短い時間ですが、ゲームということでご了承ください。ルーペなどはテーブルに用意していますので」

そう話す田口さんに、皆は頷きながら壺に近付いて、マジマジと眺めていた。

「なんだか、きたねー壺だな」

秋人さんは眉を寄せながら、ポツリと漏らした。

汚い？　確かに土色で、ザラザラとした肌合いだ。

石が浮き出ている部分もある。だけど、これは長石。

前に、『蔵』の店内で、信楽の壺を見せてもらったことがある。

これは間違いなく――本物だ。

確信に近い気持ちでいると、

「それでは二分経過しました。この信楽の壺、本物かニセモノか、判定をどうぞ」

田口さんの合図に、皆は一斉に旗を上げた。

私は本物を示す白旗、秋人さんは赤旗を上げている。

ゲストの半数は赤旗を上げていた。

「それでは先生、正解をお願いします」

「最初から難易度が高くてすまんの。これは、本物の信楽じゃ」

その言葉に、赤旗を上げていたゲストたちは「あー」と残念そうな声を上げた。

「マ、マジかよ、あんなザラザラした壺なのに」

悔しげに唇を噛む秋人さんに、ホームズさんがクスリと笑った。

「あれは種壺として、実用的に使われていたものなんですよ。ですから華美さや装飾などはないんです。そして、葵さん、よく分かりましたね」

「あ、はい。前に見せてもらったことがあるので、あの石が浮き出ているのは長石ですよね？」

「そうです。素晴らしいです」

ニコニコ笑って頷くホームズさんの横で、秋人さんが悔しそうに口を尖らせていた。

「それでは、次の品に行きます。次は『古九谷の皿』です」

今度は、大きな絵皿が出された。
淵側に紺に緑に黄色と鮮やかな色が並んでいて、中央には鳥の絵。
「まぁ、綺麗な色合い」
思わずそう漏らしたゲストもいた。訪問着を纏った上品そうなご婦人だ。
……色合いは、たしかに美しい。
だけど、古九谷は、もっと色がハッキリしていた気がする。
これは前に見たものよりも色のインパクトが薄いし、どこかぼやけている。
何より、鳥の絵。
以前、ホームズさんが教えてくれた。古九谷の本物は、とにかく絵が優れていると。
この鳥の絵には、息を呑むような『上手さ』はない。
立てられた皿。裏に回ると、高台も確認できた。
「………」
「それでは、タイムリミットです。旗をお願いします」
田口さんの言葉に、皆が一斉に旗を上げた。
ご婦人の漏らした言葉につられたのか、白旗がほとんどだ。
だけど、私は赤旗を上げていた。
目配せした田口さんに、柳原先生はコクリと頷いた。

「これは、ニセモノじゃ」

その解答に、どよめきが起こる。

気がつくと、正解者は数人となっていた。

その次に出された古瀬戸の壺も、黄瀬戸の茶碗も私は見極めることができて――。

最後は私ともう一人の男性だけとなった。

「それでは、これが最後となります。決着がつくんでしょうか？　『志野の茶碗』です」

と、出された、志野の茶碗。

歪みが独特の味わいを持つ、名品中の名品だ。

それだけに贋作も多いと聞く。私も何度かニセモノを目にしたことがあった。

そのたびに、いつも思う。

贋作には、あの時感じた『わぁ、いいなぁ』と胸をときめかすようなものを感じないんだ。そう、志野の茶碗は『蔵』ではじめて出会った、名品。

これは多分、かなりできの良い品なのかもしれないけど、志野の茶碗だけは見間違えたりしない。

「判定をどうぞ！」

白を上げた彼に対して、私は赤を上げていた。

うおおお、とホール内が興奮に包まれる。

「先生、お願いします」

田口さんも少し興奮しているのか、声が弾んでいた。

「……これは、ニセモノじゃ。いやはや、こんな少女が、まさかと思うほど素晴らしい判定をしましたな。お見事じゃ」

拍手をした柳原先生に続いて、ホール内にいる皆がワッと声を上げて、拍手をした。

「葵さん、素晴らしいです！」

ホームズさんは目を輝かせて、足早に歩み寄ってきた。

「ホームズさん！」

嬉しさを感じながら振り返った瞬間、ホームズさんが両手でしっかりと私の手を握った。

「っ！」バクンと鼓動が跳ねる。

「素晴らしかったです！ 僕は最初から、あなたは良い目を持っていると思っていましたが、いや、僕の目に狂いはありませんでしたね、誇らしいですよ」

私の両手をしっかりと握ったまま、本当に嬉しそうに満面の笑みを見せるホームズさん。

心臓が爆発寸前だ。

「あ、ありがとうございます。ホームズさんがいろいろ観せくれて、教えてくれたおかげです」

そう、『蔵』にバイトにきてから、良い品が入るたびにホームズさんはそれを私に観せて教えてくれた。そして『古美術勉強会』を続けているうちに、私はこんなに見極められるようになっていたなんて。

それはやっぱり、ホームズさんという『師』がいてこそのこと。

だけど、今もしっかりとつかまれた手の熱に、バクバクと鼓動がうるさい。

「……葵ちゃんって、実はすげーんだな」

呆然と漏らす秋人さん。

その隣には、うんうん、と頷きながら拍手をしてくれる米山さんの姿があった。

「ええ、葵さんは生まれ持った鑑定眼に加えて、いつも真っ直ぐに目をそらさずに真実を見ようとする方です。……本当に素晴らしいことだと思います」

拍手をしながらそう言ってくれるホームズさんに、鼓動が強すぎて言葉が出ない。

すると柳原先生が拍手をしたまま、私の元に歩み寄ってきた。

「さきほどは『普通』などと言って失礼した。ワシもまだまだやな。いや、この若さで、こんな子なかなかおらへんで。さすが清貴くんの選んだ子やな」

頷きながら言う柳原先生に、さらに頬が熱くなる。

バイトに選んでくれただけなんだけど、なんだか別の意味合いのようで、他の方に勘違いされてしまいそうだ。

そんな中、柳原先生の後ろにいた田口さんがスッと顔を出した。

「優勝おめでとうございます、葵さん。景品は柳原先生が贔屓にしている城崎《きのさき》の旅館『月見屋』のペア宿泊券です」と白い封筒を差し出されて、

「えっ、旅館の宿泊券、ですか？」驚きに声が裏返る。

これって、絶対に高級旅館だよね？

戸惑う私に、ホームズさんが「ああ」と手を打った。

「月見屋の評判は聞いたことがあります。それは、歴史のある素晴らしい旅館だとか」

ホームズさんの言葉に、田口さんが嬉しそうに頷いた。

「ご存知でしたか。ペア宿泊券ですし、せっかくですから、ぜひお二人で」

「は、はい？」

ふ、二人でって！

ホームズさんと二人で、城崎の高級旅館に？

やっぱり誤解されてる！

「い、いえ、そんな。私たちはただのバイト仲間でして」

思わずそう声を上げた私に、田口さんが少し戸惑ったような表情を見せた。

その隣でホームズさんが苦笑している。

ああ、なんだか申し訳ない。

「それは失礼しました。それでは、お友達やご家族で」

「え、ええ、あの、その……ありがとうございます」

今も拍手に包まれる中、恥ずかしさに顔も上げられないままに景品を受け取った。


賑やかだった場が落ち着く頃、田口さんが再び皆を見回した。

「では、次に鑑定士も含めて、この作品を拝見して頂きたいです。今度の真贋展の目玉ともいえるバロック時代の作品です」

その言葉を合図に、警備員が再びテーブルカートを押してきた。

テーブルの上には、バロック時代の作品だという西洋の絵画。

中央に白髭の男性がいて、天使が彼を案内するように腕に手を添えている。彼の後ろには、若い娘たち。

すごい迫力の絵だ。

……これが、本物かニセモノかなんて、私にはとても分からない。

すると、鑑定士だと思われる中年男性が苦笑して、頭をかいた。

「いやはや、こうした絵画を、目だけで見極めるのは難しいですよ。化学分析しなければ。それに西洋絵画は専門じゃないですし」

すると柳原先生が小さく笑って頷いた。

「その通りじゃの。西洋絵画は確かに難しい。ここに集まる鑑定士は、それぞれに名誉を背負っておるわけだし、答えにくいじゃろう。そこで、とても優秀じゃが、まだ年若く、失うものも少ない清貴くんに答えてもらおうか」

柳原先生の指名に、一斉にホームズさんの元に視線が集まった。

西洋絵画は、得意ではないと言っていたホームズさん。

あの鑑定士さんも言うように、こうした絵を目だけで判定するのは、難しいに違いない。

いくらホームズさんとはいえ、答えることができるんだろうか？

私まで勝手に焦ったような気持ちになっていると、ホームズさんはクスリと笑って、人差し指を立てた。

「はい、こちらはルーベンスの『すばらしい模作』ですね」

その言葉に、一部の人間がドッと笑い、私を含むほとんどの者がポカンとした。

「さすがじゃの、清貴くん。みんなに説明してやってくれんか」

「――はい。一九七八年に上野の国立西洋美術館が一億五千万で購入した、ルーベンスの『ソドムを去るロトとその家族』という作品が贋作であったことが判明するという事件が起こりました。同名の作品がアメリカの美術館で二点、ロンドンで一点出てきたからです。

そこではじめてX線写真などの化学分析により、アメリカにある一点が本物で、日本にあるものが贋作であることがハッキリしたわけです。その事実に大変な騒ぎになったわけですが、当時の国立西洋美術館の館長は、この作品について、『すばらしい模作だ』という名言を残しまして、この事態はなんとなく収まったそうです。

そして、これがその『すばらしい模作』というわけです。僕は以前にこの作品を拝見する機会がありましたので、判別することができました」

いつものように穏やかな語り口で、分かりやすく説明するホームズさんに拍手が起こる。

「さすが、清貴くんじゃの。それでは、もうひとつだけ観てもらいたい」

柳原先生の合図に、もうひとつの絵画が用意された。

それは、緩やかな崖の上に群れる羊の絵。丘の向こうに海が見える。

とても綺麗で、羊が可愛らしく優しい絵だ。

これも、私の目には本物なのかニセモノなのか、ちっとも分からない。

「イギリス人作家ウイリアム・ホルマン・ハント『我がイギリスの海岸』。これが本物かニセモノか、鑑定してもらいたいのじゃ」

鋭い眼差しを見せた柳原先生。

「——っ！」

ホームズさんは一瞬、言葉を詰まらせた。

腕を組んで、真剣な眼差しを見せる。

いつも瞬時に真贋を見極めるホームズさんが、こんなに判定に時間をかけるなんて初めて見た。

やっぱり西洋絵画は、難しいのかもしれない。

すると背後で、

「おい、米山、お前、分かるか?」

「……ううん。まったく分からない」

美術関係者と思われる男性が、米山さんにコソコソと話し始めた。

たしかに、ここでホームズさんが判定を間違ったところで、若い青年鑑定士だ。失うものはないように思われるかもしれない。

でも、ホームズさんは違う。

こんなふうに挑戦された以上、絶対に間違えたくはないはずだ。

「…………」

ホームズさんはしばしの沈黙のあと、そっと口を開いた。

「……とてもよく描けていますが、贋作、ではないでしょうか」

「どうしてそう思う?」柳原先生が鋭い眼光でそう尋ねた。

「この作品の実物は見たことがないのですが、ハントが『自然の光』を描いた中でベストと言われる作品で、バーミンガム賞も獲ったものだと聞いております。

ですが、今この作品とこうして対峙していて、すべてが上手く描けているのですが、その秀逸であるはずの『自然の光』に、突出した素晴らしさを感じられないからです」

そう告げたホームズさんに、柳原先生と田口さんは顔を見合わせた。

ホールに緊張が走る。

本当はどっちだったのだろう？

手に汗をかいているのを感じながら、祈るようにギュッと両手を組み合わせた。

次の瞬間、柳原先生と田口さんがパチパチと拍手をした。

「素晴らしい。その通り、これはある画廊に借りた贋作じゃ。良くできた贋作の代表として、真贋展に展示予定なんじゃよ」

その言葉に、皆がワーッと声を上げて拍手をした。

「なんかしらねーけど、やっぱホームズはすげえ」

「さすが、誠司さんの秘蔵っ子」

皆が感嘆する中、ホームズさんはニコリともせずに、柳原先生の元に歩み寄った。

「柳原先生……、この絵を貸してくれたという、画廊の方のお名前を教えていただいてもよろしいでしょうか？」

静かに尋ねたホームズさんに、柳原先生は「んー」と首を捻った。

「たしか、森屋《もりや》といったか？」

「いえ、先生、『森阿《もりあ》』ですよ。少し変わった苗字ですよね」

田口さんがすかさず答える。

ホームズさんは「モリア?」と漏らして、眉をピクリとさせた。

「……もしかして、先生のこの誕生祭で、『真贋判定ゲーム』をするよう提案したのも、その方ですか?」

低い声で尋ねたホームズさんに、田口さんは驚いたようにしながら頷いた。

「そうなんですよ。よく分かりましたね。『パーティが盛り上がりますよ』と提案してくれたんです。おかげで大変盛り上がりまして」

「――そして、ハントの作品においては、僕を指名するよう言ったのではありませんか?」

「いえ、清貴さんを指名というわけではありませんでしたが、『これは本当に見分けが難しいので、失うものが少ない一番若い鑑定士を指名していただけると』と、仰られておいででした。そして、そうだ、その森阿さんから不思議な言付けをされたんです。……少し、お待ちください」

田口さんはそう言って、その場を離れたかと思うと、ある物を手に戻ってきた。

「……その若い鑑定士が、もし正解して、その後に自分について尋ねてきたら、これを見せてくれと」

そう言って差し出したのは、丸い鏡。

ホームズさんはそれを受け取って、鏡を覗き、フッと笑った。

「ありがとうございます。……あの、大変申し訳ないのですが、急用が入りまして、このまま席を外させてもらってよいでしょうか？」

笑顔のままそう言うホームズさんに、

「え？　ええ、今日は本当にありがとうございました」

戸惑いながら頭を下げる田口さん。

「葵さん、秋人さん、お二人はもし良かったら、このままパーティを楽しんでいってください。後で迎えに来ますので」

そう言って早足でホールを出て行くホームズさんに、私たちは慌ててその後を追った。

「ホ、ホームズさん、一体どうしたんですか？」

「マジでどうしたんだよ」

「なにが、森阿や。ふざけおって……」

チッと舌打ちするホームズさんに、

「ホ、ホームズ？」秋人さんは体をビクつかせた。

そのまま、外に出て車に乗るホームズさんに、私たちも車に飛び乗った。

皆が乗り込んだことを確認するなり、すぐに車を発進させる。

「ほ、本当にどうしたんですか？」

戸惑いながら尋ねると、ホームズさんは我に返ったのか、申し訳なさそうに苦笑した。

「……あの、贋作を仕掛けてきたのは、円生なんですよ」

「えっ、森阿って画廊の人が？」

「なるほど、モリアーティか！」すかさず、秋人さんがパンッと手を打った。

あ、なるほど、シャーロック・ホームズのライバルといえば、モリアーティ教授。

それにかけて、『森阿』と名乗ったわけだ。

(そりゃ、『ふざけおって』って言葉も出るよね)

「柳原先生が真贋展の監修をすることと、生誕祭があることを聞きつけて、これは僕に勝負を仕掛けるいいチャンスだと売り込みにいったんでしょう。どうりで、柳原先生のパーティにしては、気が利いたゲームをすると意外に思っていました」

運転をしつつ軽く失礼なことを言うホームズさん。

「で、あの、どこに向かっているんですか？」

「……円生は僕に居場所を謎掛けで教えてきました。先ほどの絵ですが、最初につけられたタイトルは『我がイギリスの海岸』なのですが、次に『迷える羊』に改題されたんです」

「……迷える羊」

「そして、僕に丸い鏡を手渡した。これで場所を示したわけです。分かったなら、会いにこいと」

ホームズさんは鋭い眼差しでそう告げた。

迷える羊に、丸い鏡――これで、どこを示しているというのか。

私と秋人さんは、ホームズさんの迫力に気圧されて、何も言えず、ただゴクリと息を呑んだ。

6

――北へと向かって走る。

車内は緊迫した雰囲気に包まれる……かと思ったんだけど、

「しっかし、モリアーティで、森阿って。マジでウケる」

後部席で楽しげに手を叩いて笑う秋人さん。

空気を読めないのか、読まないのか、ある意味最強な人だ。

「そういえば、秋人さんはシャーロック・ホームズのファンだって言ってましたもんね。全巻読まれたんですか？」

そう、はじめて会った時に、ファンだと言っていた。

だからホームズさんが、『ホームズ』なんて呼ばれていることにカチンときて、絡んでいたくらいだし。

ファンはファンでも、相当なファンなんだろう。

こう言っては申し訳ないけれど、秋人さんに読書の趣味があるって少し意外な感じだ。

「あーいや、読んでねぇよ。俺はアニメでファンになったから」

その言葉に「アニメ?」と私とホームズさんの声が揃った。

「そう、知らねぇ? 犬を擬人化させたホームズのアニメ。あれ、マジですげー面白くて、カッコよくて。それがキッカケでハマって人形劇も映画も全部観たんだ。俺、いつか舞台とか映画でホームズの役を演ってみたいって、ずっと思ってるんだよなぁ」

「げ、原作は?」

「一行も読んでねぇけど?」真顔で答える秋人さんに、私とホームズさんは思わず顔を見合わせてしまう。

そして一瞬の間の後、ホームズさんがプッと笑った。

「なに、笑ってんだよ」

「いえ、あなたのマイペースさに、少し頭が冷えました。ありがとうございます」

クスクス笑って、そう言う。

「お、おう? まぁ、頭冷やせよ」

「そ、そうですよ、ホームズさん。円生もあえて『森阿』だなんて名乗って、ホームズさんの頭に血を上らせる作戦に出ているんだと思います」

少し身を乗り出して言った私に、

「……その通りですね。どうも、僕は円生のこととなると、頭に血が上りやすくて駄目です。葵さん、ありがとうございます」と、ホームズさんは穏やかに告げた。

良かった、いつものホームズさんだ。

「それで、本当にどこに向かっているんですか？」

改めて尋ねた私に、ホームズさんは少し遠くを見るような目を見せた。

「もう、着きますよ。……ここです」と、車を停めた。


砂利が敷き詰められた駐車場に車が入ったことで、ジャリジャリとタイヤが音を鳴らしていた。白い塀の上には瓦屋根がついている。

ここは――お寺？

その建物は、北大路通から千本通を北に曲がり、ほぼ、突き当たりまで走ったところにあった。

「ここ、北区の鷹峯だろ？」

車を降りながら、そう言う秋人さん。

「ええ、そうです」とホームズさんと私も車を降りた。

ここは、北区なんだ。

そういえば、秋人さんは昔、家族で北区の衣笠《きぬがさ》に住んでいたと、前に聞いたことがある。

ここに来るまでも結構な坂道で、本当にすぐ山の麓《ふもと》という感じだ。

どこに行くのも自転車で移動しがちな私だけど、ここを自転車で来たなら後悔するかもしれない。

「こっちです」そう言って歩き出す。

もう、夕方四時半をすぎた頃だからだろうか、駐車場にはほとんど車はなかった。

(ほとんどの寺は五時で閉門だし)

細い道を進んだその先に、小さめの門が見えた。木で作られた古い門。

その柱には、『源光庵参禅会《げんこうあん》』という札が掛けられていた。

「――源光庵」聞いたことがある気がする。

「そうです、円生が呼んだのは、ここ――『源光庵』です」

しっかりとした眼差しを見せた。

ホームズさんは静かに、それでも強い口調でそう言って、小さな門をくぐった。

私たちもすぐに、その後に続く。

決して広くはないものの、手入れが行き届いたスッキリと美しい庭園が見える。

寺の縁側に受付があり、拝観料を支払って、寺院に足を踏み入れた。

まさに古い山寺。

それでも建物全体に背筋が伸びるような、凛とした空気を感じた。

床も畳もピカピカに磨かれ、テーブルの上や廊下の隅に花が生けられている。

本堂に足を踏み入れると、手前に四角い窓と、その横に丸い窓が見えた。

窓の向こうには、真っ赤な紅葉が見えて、それはまるで絵のように美しい。

――この二つの窓は知っていた。

テレビで観たのかもしれない。

『迷いの窓』と、『悟りの窓』。

窓までは近付かないようにと、くるぶしくらいの高さの木の柵が置かれている。

その窓のさらに奥に、ご本尊がある。この部屋には、誰もいなかった。

「あ、あれ、いねぇな、誰も」

「ほ、本当ですね」

少し気の抜けたような気持ちになっていると、

「……とりあえず、手を合わせましょうか」

ホームズさんはニコリと微笑んで、ご本尊の前に立ち、賽銭を入れて合掌した。

「あ、はい」

「お、おう」

私と秋人さんも慌てて賽銭を入れて、手を合わせる。

「………」

そうして、閉じていた目を開けた時、この本堂に私たち以外に人がいることに気がついて、体がビクついた。

齢は多分、二十代後半か三十代前半。お坊さんのように髪がなく、濃いグレーの着物姿。

柔らかな笑みを湛えて、こちらを見ている。

何も知らなければ、普通にこの寺のお坊さんだと思ってしまうに違いない。

「よう来ましたなぁ」

ホームズさんを見て、楽しげに目を細める。

――間違いない、彼が円生だ。

「呼んだのは、あなたでしょう」

ホームズさんも笑みを湛えて、そっと歩み寄る。

私と秋人さんはその場に立ち尽くしながら、息を呑んで二人を見守っていた。

「……ここで、あんたを待ってる時間は楽しかったで。来てほしいのか、来てほしくないのか、自分でも分からんかったわ」

手にしている扇子を開いて口元を隠し、クックと笑う。

「それで、今のお気持ちは？」

静かに尋ねたホームズさんに、円生は笑うのをやめた。

「――ところで、あれをよう見破ったたな。決め手はなんやった？」

「……『光』です」

「なるほど、光か。日陰モンに、光を描ききることはどうにも難しかったか」

円生はクスリと笑った後、顔を上げた。

「で、この場所はすぐ分かったんかいな」

「ええ。『迷いの羊』と『丸い鏡』。四角い絵の迷いの羊。鏡は『心の窓』。すぐに源光庵のこの窓が浮かびました。この角形の窓は『人間の生涯と四苦八苦』を表す『迷いの窓』。隣の円形の窓は『禅と円通』の心を表し、大宇宙を示している『悟りの窓』。自分を映す丸い鏡は、内側の『宇宙』をも示す……なかなか、粋な計らいをされますね」

話し終えて、微笑むホームズさん。

「おおきに」

同じような笑みを返す円生。

双方ともに柔らかな笑顔なのに、今にも斬り合いが始まりそうな、研ぎ澄まされた雰囲気に、呼吸すら苦しい緊張感だった。

向かい合う二人の向こうには、二つの窓。

真っ赤な紅葉が、風に舞っている。

その姿が、恐ろしくも、譬《たと》えようもなく美しくて、言葉が出ない。

「さっきも言うたように、ここであんたを待っている時間は、ほんまに楽しかったで。ここに来るんやろうか、それとも来ないんやろうか。来てほしいような、来てほしくないような、なんやろな。まるで別れた恋人でも待ってる気分でしたわ」

「それはそれは、不愉快ですね」

「言いますなぁ」円生は目だけで笑い、ふう、と息をついた。

「……贋作師の多くは、贋作を作り続けていくうちに、つい、自分の作品だということを世間にアピールしたくなって、自分だという痕跡を残すようになることが多いんですわ。それが元で、発覚してしまうことも多いらしいんやけど、自分には、なんでそないなことすんのか、よう分からんかった」

円生は『迷いの窓』の外を眺めながら、独り言のようにそう漏らした
「わたしは尼崎で父子家庭の家に育ちましてな、父が画家だったんですわ。

なかなかの腕を持っているものの、アルコール依存症で。ようやく仕事をもろうても、前金で酒を飲み倒して、納期までに仕上げられないことも多くて、見かねた自分が、父の代わりに、父の絵そっくりに描いていたわけや。父はそれに歓喜してな。それまで厄介者扱いやったんやけど、『お前は天才や』って誉めてもろうて他の贋作もするように勧めてきたという、これがわたしの贋作人生の始まりでしたわ」

その言葉に、少し離れていたところで聞いていた私は、また息を呑んだ。

そうなんだ。

彼は最初から、贋作づくりをしていたんだ。

一番身近な父の作品をそっくりに仕上げることからのスタート……。

でもこれって、ホームズさんのプロファイリングそのままだ。

「完璧に仕上げて、自分の痕跡を残さないことで、一番誉められたい父に誉められる。それで満足だったたんですわ。でも、その父も酒に呑まれて死んでしもうて……。その後も、惰性で贋作の依頼を受けるも、何もかもがつまらんくなって。自分の人生なんやったんやろと仏門に入ってん。それがや。今まで誰も見抜けんかった作品を、自分よりも若いあんたに見抜かれて、ドキドキしたんや。影でしかなかった自分を、暗闇に隠れていた自分を見付けてもろうた気持ちになった。今回の作品もドキドキしてん。見抜いてほしい、見抜いてほしくない。この二つの気持ちに揺れてな。はじめて贋作に自分の痕跡を残してしまっていた輩の気持ちが分かった気がしたわな。だから、あんたに来てほしいのかほしくないのか、ほんまに分からんかった」

円生は、そっとホームズさんを見た。

「でも、さっき、あんたに『それで、今のお気持ちは？』と聞かれてハッキリしたわ」

そう言ったあと、手にしていた扇子をパタンと閉じて、勢いよくホームズさんの喉元に突き付けた。

「──ッ！」

パンッと、すぐにそれをつかむホームズさん。

「……危ないですね、僕の喉を突くつもりですか」

「まさか、これはこの前のお返しや」

ニィッと笑う円生。

その緊迫感に、私と秋人さんは言葉もなく、真っ青になって口に手を当てた。

「ハッキリしたわ、やっぱ、あんたは気に入らん。品行方正で美しくて、誰にでも好かれるタイプながらも、何を考えておるのか分からんくて、ほんでその内側は真っ黒。まるで京の町そのもののような男や。どうも京都はいけ好かん」

ホームズさんは手に力を込めて、つかんだままの扇子をボキリと折り、

「──おおきに。京の町に譬えられるなんて、光栄やわ」と不敵な笑みを浮かべた。

「おお、出てきおったわ、本性が。ドス黒い顔してるで」

「あなたの言う通り、京男は腹黒なんですわ」

「あんたのことは気に喰わんけど、そういうところは好きやで」

「僕はあなたのすべてが気に喰わんけどな」

「やっぱ、ええな。まだ、引退でけへんわ。あんたに一度どでかい恥をかかせんことには」

「残念ながら、そんな恥をかくつもりはないので、さっさと引っ込んでもらえませんか

ね？」

「そう言わんと。なんていうんやろ、自分のやってきたことに対する誇りみたいなものがほしいんやろうなぁ」

「贋作師に誇りなんて必要あらへん」

「手厳しいな」

円生はそっと扇子から手を離して、クスリと笑った。

「なぁ、知っとる？　この本堂の天井に、血の染みがついとるの」

話題を変えて天井を仰ぐ円生に、ホームズさんはコクリと頷いた。

「もちろん、知ってますよ」

その言葉に、私と秋人さんは天井を見上げた。

黒い染みとともに、足の裏の跡まで残っていて、瞬時に背筋が寒くなる。

「う、うわ、なんであんなところに足の裏の跡が！　忍者の足跡か？」

そう声を上げる秋人さんに、ホームズさんは苦笑した。

「この源光庵で戦いが行われたわけではなく、伏見桃山城の床板が天井に上げられたものです。徳川家康の忠臣と石田三成の軍勢とが桃山城で交戦し、多くの死者を出しました。亡くなった者たちの魂を冥福し供養しようと、血痕の残された床板は五つの寺院にわけられ、一部がこの源光庵にも奉納されたというわけです」

「な、なるほど」

頷いて、再び視線を戻した時には、すでに円生の姿はなくなっていた。

「――ッ！」

私と秋人さんは絶句して、ホームズさんは、ふぅ、と息をついた。


「……なるほど、本当に忍のような男ですね」

少しの沈黙の後、そう言って手にしたままの折れてしまった扇子を開いた。

「……ったく、どこまでも忌々しい」

その扇子を見て、顔をしかめた。

「え、どうしたんですか？」

「この扇子は元々僕の物なんですが、『勝』という文字が勝手に書かれているんですよ」

――なるほど、確かに忌々しいかもしれない。

「で、でも、結局勝ったのはホームズさんですよね」

「そうだよ、今回もあいつの贋作を見破ったんだ。忌々しく思うこともねーだろ」

身を乗り出して言う私たちに、ホームズさんは顔を歪ませた。

「……ちゃう」

「えっ？」

「僕があれを贋作と見破ることができたのは、『ハントが自然の光を描いた中でベストと呼ばれる絵で、パーミンガム賞をもらった』という知識があったからです。

それがなければ、見破れませんでした。決め手は『光』だと言った時に、あの男はそこで勝ち誇ったように笑いました。

見破られはしたけど、自分の勝ちや思うたんやろ――実際、あいつの勝ち、僕の負けや」

ギュッと扇子を握りしめて、肩を震わせるホームズさん。

悔しさのすべてが伝わってきて、苦しいくらいだ。

こんな時、なんて言ったらいいんだろう？

『それでも、ホームズさんは結局見破ったんです。知識を含めて、ホームズさんの勝ちですよ！』

……だなんて。

そんな取り繕ったような言葉は、求めてない気がする。

ギュッと拳を握りしめて、ホームズさんを見詰めた。

「――そ、それなら、次に円生が仕掛けて来た時は、今度こそ、しっかりと見破ってください！」

強い口調で言い放った私に、ホームズさんは少し驚いたようにこちらを見た。

「……葵さん」

秋人さんもギョッとした様子で私を見ている。

「今度は、絶対に負けないでください」

そう続けた私に、ホームズさんは大きく目を見開いたかと思うと、ふっ、と表情を緩ませた。

「ええ、今度は必ず、完膚なきまでに叩きのめしてみせます」

そう言って、晴れやかな顔を見せてくれたホームズさんに、なんだか泣きそうになってしまった。

「……ホームズさん」

目頭が熱くて、グッと俯くと、

「なんや、怖い思いさせて、かんにん」

大きな手が、優しくクシャッと頭を撫でてくれた。

「大丈夫です」

首を振っていると、

「すみません、もうすぐ閉門となります」

という声がして私たちは慌てて顔を上げた。

「――それでは、行きましょうか」

そう言うホームズさんに、私たちは頷いた。

7

本堂を後にしながらも、目の端に映る、美しい二つの窓。

人間の人生の四苦八苦を表す、四角い『迷いの窓』。大宇宙を表す、真円の『悟りの窓』。

贋作師を極めて、悟りの道に進もうとしていた円生は、ホームズさんに見破られて、俗世に戻った。

今回この場を選んだのは、彼の迷いを表しているのではないだろうか？

見抜かれたなら、もう終わりにしよう。見抜かれなかったら、それも満足だから終わりにしよう。そんな風にグルグル迷いながら。

だけど、ここで出た結論は、どうしてもホームズさんを打ちのめしたいという、人間的な気持ちなんだ。

丸い窓ではなく、四角い窓に留まることに決めた――。

あまりの因果さに、複雑な気持ちになっていると、ホームズさんがそっと足を止めた。

先を歩く秋人さんが角を曲がって、その姿が見えなくなってしまった。

「ホームズさん？」

どうしたんだろう？

私も足を止めてホームズさんを見上げた。

「葵さん、さっきはありがとうございます」

「えっ？」

「葵さんに叱咤激励してもらえて、力が湧いてきました。もっと精進して、円生だけじゃなく、どんな贋作をも見破れるような目利きになってみせます」

強い口調でそう言う。

清々しいような横顔。

ああ、そうなんだ。

きっと彼、円生は……、ホームズさんをより高みへと導くために遣わされた存在なのかもしれない。

「――はい、がんばってください」

私も笑顔を返すと、そっとホームズさんの手が伸びて、ギュッと私の右手が握られた。

「っ！」

驚いて顔を上げるとホームズさんの目が、真っ直ぐに私を見ている。

なんだか、さっき真贋ゲームで勝ったことで手を握られたのとは、違う気がする。

しっかりと握られた手が、その眼差しが、とても熱い。

「……葵さん」

「は、はい」

バクバクと鼓動が打ち鳴らす。

心臓が破裂そうなほどに、早く脈打っていた。

「僕は……」

ホームズさんがそう言って、握った手に力を込めたその時──、

「おーい、まだかよ！」

駐車場の方から響いて来た秋人さんの声に、私たちは体をビクつかせた。

「………」

ホームズさんは何かを言おうとしてハーッと息をつき、そっと手を離して、クシャッと前髪をかいた。

「あ、いや、すみません、今度、ゆっくりお話したいと思います。秋人さんが近くにいない時に」

「は、はい」

戸惑いながらも頷くと、

「まーだーかーよー」再び声を上げる秋人さん。

「今、行きますよ」

ホームズさんは脱力した様子で答え、

「……行きましょうか」と私に向かって、柔らかな笑みを浮かべた。

「は、はい」強く頷いて、歩き出す。

ホームズさんは何を言おうとしたんだろう？

……あの時のホームズさんの眼差し、強く握られた手の感触が今も残っているようで、頬が熱くて、鼓動がうるさい。

駐車場に出ると、車の前には、大きく手を振る秋人さんの姿。

「何やってたんだよ、遅ぇな」

「すみません。あなたを連れてきたことを少し後悔していました」

ホームズさんは冷ややかな口調で言って、車のドアを開けた。

「へっ？」秋人さんは目をパチクリとさせたあと、「何言ってんだか」と小首を傾げ、

「それより、なぁ、肉でも食べに行かねぇ？　京都といえば肉だろ」と車に乗り込んだ。

「いいですね。肉でも食べなければ戦えません」

ハンドルを手に強く頷くホームズさん。

「でも、京都といえば『和』ですよね？　『肉』って」

助手席でシートベルを締めながらクスクスと笑うと、二人はキョトンとした顔を見せた。

「あれ、葵さん、ご存じなかったんですか？　京都は『肉処《にくどころ》』としても有名なんですよ」

「そうそう、京都は近隣から美味い肉を集めてるんだ」

「ええ、『肉懐石《にくかいせき》』とかもありますし」

「ああ、俺としては、京都に来たら湯豆腐よりも何よりも肉懐石を食えって言いたいよ」

「同感ですね。もちろん、和食もお勧めなんですが」

競うように言う二人に、呆然としてしまう。

「そ、そうなんですか、知らなかったです」

「それでは行きましょうか」

「おう。ヒロに行こうぜ」

「モリタ屋もいいですね」

二人の会話を聞きながら、私はなんとなく、窓の外を見詰めた。

橙色に染まる空が、胸に迫るほどに美しい。

その光景を脳裏に刻みつけたいと、しっかりと見詰めた後、私はそっと目を閉じた。


――ここでの出来事は、生涯忘れはしないだろう。

鑑定士と贋作師。

若き二人の天才が、ぶつかり合ったその火花が、紅葉のように美しかったこと。

ホームズさんの悔しさも、決意も……。

悟りの道へ進もうとしながらも、迷い続けることを選んだ円生と、彼の存在により自分の進むべき道を悟ったホームズさん。

本当に因果なものだと思う。

……迷いと、悟り。

どんなに悟ろうとしても、人として生まれて来た以上、完全に悟ることは難しいのかもしれない。迷い続けて、時々悟っては、やっぱり、また迷うのだろう。

私も、どうしようもなく迷った時に、またここに来たいと心から思った。


——あの、真円を描く宇宙の窓を見詰めに……。


そうして走り出した車は、源光庵を後にして、夕陽を横目に坂道を下りていく。

もう冷たくなった風に美しく舞い落ちる紅葉が秋の終わりを告げ、これから迎える京の冬を歓迎しているかのようだった。

参考著作・文献等（敬称略）

中島誠之助『ニセモノはなぜ人を騙すのか』角川書店
中島誠之助『中島誠之助のやきもの鑑定』双葉社
スタン・ラウリセンス／楡井浩一『贋作王ダリ』（株）アスペクト
フランク・ウイン／小林頼子『フェルメールになれなかった男・20世紀最大の贋作事件』筑摩書房
『美術手帖 2014年9月号』美術出版社

双葉文庫

も-17-02

京都寺町三条《きょうとてらまちさんじょう》のホームズ❷
真贋事件簿《しんがんじけんぼ》

2015年8月9日　第1刷発行
2019年4月16日　第24刷発行

【著者】
望月麻衣《もちづきまい》

【発行者】
島野浩二

【発行所】
株式会社双葉社
〒162-8540 東京都新宿区東五軒町3番28号
［電話］03-5261-4818(営業)　03-5261-4851(編集)
www.futabasha.co.jp
（双葉社の書籍・コミックが買えます）

【印刷所】
中央精版印刷株式会社

【製本所】
中央精版印刷株式会社

【表紙・扉絵】南伸坊
【フォーマット・デザイン】日下潤一
【フォーマットデジタル印字】恒和プロセス

落丁・乱丁の場合は送料双葉社負担でお取り替えいたします。
「製作部」宛にお送りください。
ただし、古書店で購入したものについてはお取り替えできません。
［電話］03-5261-4822(製作部)

ISBN978-4-575-51811-5 C0193
Printed in Japan